翼もつ者

文学のピースウォーク

みおちづる 作
川浦良枝 絵

新日本出版社

翼もつ者／目次

日本児童文学者協会創立70周年記念出版

おもな登場人物

ノニ・パチャク　ガルデア市の旧街区《きゅうがいく》で暮《く》らす少年。飛ぶことに憧《あこが》れる。

イアン・スパダ　生存保安《せいぞんほあん》部長の息子《むすこ》。ノニの親友。

ユパンキ・カザルス　〈旧時代《きゅうじだい》〉の研究をする考古学者。

マルカ・ロスター　カザール自治連邦《れんぽう》の農夫。

ロブス少佐《しょうさ》　翼人《よくじん》部隊を率《ひき》いる総隊長《そうたいちょう》。

オルタ　翼人訓練所の仲間。

ラングレン中尉《ちゅうい》　ロハ翼人部隊の部隊長。

セレス　翼人部隊の隊員。

カパック　翼人の村の住人。

大戦争後、地上は居住不可能《きょじゅうふかのう》となり、人々は地下シェルターに逃《のが》れた。だがそれは、過酷《かこく》な生き残り競争のはじまりでもあった。

多くのシェルターが、地上浄化《じょうか》されるまでの三百年を耐《た》えきれず、滅《ほろ》びていった。その中で、十万人規模《きぼ》の巨大《きょだい》シェルター《オルテシア（明日への希望の意）》は、生存《せいぞん》に必要な知識《ちしき》・技術《ぎじゅつ》を持つ者を、大戦争前に計画的に優先《ゆうせん》居住させたことが功を奏《そう》し、生きのびることができた。

〈シェルター開放〉の時を迎《むか》え、地上に出た彼《かれ》らはオルテシア共和国を建国し、温存《おんぞん》していた旧時《きゅうじ》代《だい》の知識を武器《ぶき》に、他《ほか》の生き残りシェルターを併合《へいごう》し、やがて大陸の東を支配《しはい》するようになる。

一方、大陸の西には、生き残った中小シェルターの共同体であるカザール自治連邦《れんぽう》が興《おこ》る。オルテシアの傘下《さんか》に入らなかったシェルターはカザール自治連邦に入り、やがて二つの国は大陸を二分するようになっていった。

そして、開歴七一三年（シェルター開放から七一三年）、莫大《ばくだい》なエネルギーをもたらす地下資源《しげん》「ソリド・マグマ」が発見されると、二つの大国の均衡《きんこう》は破《やぶ》れる。両国はその所有権《しょゆうけん》をめぐり争い、ついに戦争が勃発《ぼつぱつ》したのだ。

だが、共和国のはずれの荒《あ》れ地に暮《く》らす十六歳《さい》の少年ノニには、戦争など遠い世界の話だった。ただ毎日を生きていくだけで精一杯《せいいっぱい》だった。

第一章　廃墟《はいきょ》の老人

1

「一つ。新世界の繁栄《はんえい》のために、身も心も国家に捧《ささ》げん。
一つ。新世界に導《みちび》きたもうた偉大《いだい》な元首に、感謝《かんしゃ》をもって我《われ》、奉仕《ほうし》せん。
一つ。我《わ》が働き、オルテシア《明日への希望》の礎《いしずえ》とならん……」

青空の下、学舎生《がくしゃせい》たちの声が響《ひび》いた。並《なら》んでいるのは、十三歳《さい》から十六歳までの少年少女だ。みな、そろいの紺色《こんいろ》のマントを羽織《はお》り、並んで腕《うで》を後ろに組み、男も女も大声をはりあげて『オルテシア共和国　国家元首訓示《くんじ》』を暗誦《あんしょう》している。それは、中等学舎で毎朝繰《く》り広げられる光景だった。

ノニ・パチャクもまた、そこに並ぶ一人だった。だが、他《ほか》の学舎生たちに比《くら》べて、マントは埃《ほこり》で白っぽくまだらになっているし、マントの下のズボンは小さくなって、裾《すそ》から足首がにょっきりと見えている。学舎生たちは並びながら、微妙《びみょう》にノニから距離《きょり》をあけていた。後ろの学舎生は、ときどきわざと、さも臭《にお》うように鼻をつまんだ。そのたびに、周りはニヤニヤと笑うのだ。

だが、ノニは無視《むし》して訓示《くんじ》を詠《よ》みながら、空を見上げた。

厳《きび》しい冬が終わったことを告げる空は、どこまでも青い。ぽっかりと浮《う》かぶ綿雲《わたぐも》の間を、長い渡《わた》りの旅に向かう鳥の群《む》れが飛んでいく。大戦争後の汚染《おせん》を生きのびたオオワタリガンだ。

（ああ、飛びたい）

突然《とつぜん》、焦《こ》がれるような思いが突《つ》き上げてきて、ノニは口を一瞬《いっしゅん》閉《と》じた。

いつからだろう。こんな思いを抱《いだ》くようになったのは。

最初はたぶん、ものごころつくころから。それは幼子《おさなご》の空想では終わらず、年を経《へ》るごとにどんどん強くなっていった。近ごろでは、高いところから身を投げれば、ほんとうに自分は飛べるのではないかとさえ思うのだ。

「こら！　何をぼんやりしておるか！」

突然、頭上で怒鳴《どな》り声が響《ひび》いた。思想指導《しどう》の歴史科の教師《きょうし》、ザハリだった。ノニは耳をつかまれ、列の中から引きずり出された。

「ノニ・パチャク！　もう一度、訓示やりなおし！」

全校生徒の前で、ノニは命じられた。ノニは直立不動の姿勢《しせい》になって、声をはりあげた。

「一つ、新世界の繁栄《はんえい》のために……」

「声が小さい。やり直し！」

「一つ、新世界の……」

「やり直し！　ふらふらするな！　しっかり立て！」

後ろから蹴《け》り飛《と》ばされ、ノニはよろけた。怒《いか》りがむらむらとわき上がってきた。

ぐっと背《せ》を伸《の》ばし、空を見る。

「一つ、新世界の繁栄《はんえい》のために、おれは空を飛びたい！」

「馬鹿者《ばかもの》！」

激《はげ》しい罵声《ばせい》とともに、鉄拳《てっけん》が降《ふ》ってきた。ノニは地面にめりこむように倒《たお》れ、意識《いしき》を失った。


ノニが目を開けたのは、学舎《がくしゃ》の二階の救護室《きゅうごしつ》だった。腕《うで》には点滴《てんてき》の管が下がっている。寝台《しんだい》から起き上がったノニに気がついて、年配の看護教師《かんごきょうし》が困《こま》ったように首をふった。

「馬鹿なことをしたわね、ノニ」

「……」

「なんで、あんなことを？　訓示《くんじ》を言い変えるなんて、下手をしたら矯正《きょうせい》学舎にやられるわよ」

「……」

返事をしないノニを見やって、教師は小さくため息をついた。

「でも、あなたが気を失ったのは、殴《なぐ》られたせいではないわね。栄養剤《えいようざい》の点滴《てんてき》をしたわ。ちゃんと食事はとってる、ノニ？」

「……」

ノニは黙《だま》りこくったまま、答えない。教師《きょうし》は、ノニの返事を聞くことをあきらめた。

「点滴《てんてき》が終わるまで、ここで休んでいなさい。わたしはこれから会議があるから。なにかあったら、すぐに枕元《まくらもと》の呼び鈴《りん》を鳴らしなさい」

看護《かんご》教師はそれだけ言い置いて、救護室《きゅうごしつ》を出ていった。

ノニは寝台《しんだい》に座《すわ》ったまま、窓《まど》を見た。

窓は開いていた。外で学舎生《がくしゃせい》たちが走らされているのだろう。砂埃《すなぼこり》の匂《にお》いとともに、足音と笛の音が響《ひび》いている。

ノニは点滴の管を引《ひ》き抜《ぬ》き、立ち上がった。窓に近寄《ちかよ》り、窓枠《まどわく》に足をかけて上った。

窓のはるか下に、固い地面が見えた。落ちたら死ぬ。だが、ノニは自分が落ちるとは思えなかった。

空を見上げる。

吸《す》いこまれてしまいそうな青。

（飛べる）

ノニは目をつぶり、片足《かたあし》を前に出した。

そのときだった。

「飛ぶつもり？」

突然《とつぜん》、後ろで声がした。ノニは驚《おどろ》いて窓枠から飛び降《お》り、救護室を見回した。だれもいない。

ノニは、隣《となり》の寝台を隠《かく》している垂《た》れ幕《まく》をはねた。

そこにいたのは、青白い顔をした少年だった。ひょろひょろとしていて、少しの風でも倒《たお》れてしまいそうに細かった。ノニより年下に見えるが、寝台にかけたマントの裾《すそ》につけられた青の学年色は、ノニと同じ四学年であることを示《しめ》していた。

「おまえは……？」

「ぼくは、イアン・スパダ。二組だ。きみは、一組のノニだろ？」

変に甲高《かんだか》い声だった。ノニは、じろじろとイアンを見た。

「なんで、おれの名を？」

「きみだろ？　たった一人で、旧街区《きゅうがいく》から来ているっていうのは」

「だからなんだ」

「前から聞きたいことがあったんだ」

「聞きたいこと？　おれに？」

「きみ、荒《あ》れ地を毎日越《こ》えてくるんだろう？」

「そうだが」

「荒れ地って、ほんとうに砂《すな》と石しかないのかい？　他になにか、見た事はない？」

「他になにかって……」

「あの荒れ地は、かつて大きな都市だったっていう話があるんだ。そういう痕跡《こんせき》みたいなの、残ってるんじゃないかと思って」

ノニは、あまりに唐突《とうとつ》な話に、目を丸くした。

「大きな都市？　うそだろう」

「うそじゃないよ」

「でもあそこにあるのは、砂《すな》と風だけだ。行けば分かる。おまえ、行ったことないのか？」

イアンは、気弱そうに首をふった。

「ない。ぼくは……体が弱くて、学舎《がくしゃ》もよく休むくらいだから。荒《あ》れ地なんて、行ったことない」

そう言って、イアンはつくづくと、日に焼けたノニの顔を見つめた。

「きみがうらやましいよ」

ノニは、ぽかんとイアンを見た。旧街区《きゅうがいく》暮《ぐ》らしの自分をうらやましがるなんて、気がおかしくなったとしか思えなかった。

「ぼくの体じゃ、毎日、荒れ地を行き来するなんてできない」

「なんだ。そういうことか」

「それに……訓示《くんじ》を言い変える勇気もない。ぼくは、訓示を詠《よ》むふりをするくらいがせいぜいだ」

「……詠むふり？」

「あれを詠むと、ぼくは死にたくなるんだ。ぼくには、新世界の繁栄《はんえい》に役立つようなじょうぶな体がない。なんの奉仕《ほうし》もできなければ、礎《いしずえ》になるような働きもできない。親父《おやじ》は、ぼくが死んだほうがいいと思っているくらいさ。だから、詠まない。口を開けて詠んでいるふりだけしている」

「でも、ばれるだろう？」

「うん。でも、ザハリはぼくのことを殴《なぐ》らない。ただ、救護室《きゅうごしつ》に行け、と言うだけさ」

青白い顔をいっそう青くして、イアンはつぶやいた。そして、自分を蔑《さげす》むような微笑《びしょう》を浮かべた。

なぜ、と問いかけようとして、ノニはやめた。思い出したからだ。スパダという名前だ。聞いたことがあると思ったら、西地区の生存保安《せいぞんほあん》部長の名前ではなかったか。生存保安部といえば、シェルター時代に社会の保安を守るために作られた部署《ぶしょ》で、今も市民《しみん》を監視《かんし》・管理するところだった。

「おまえの父親は……」

言いかけたノニの言葉を、イアンは強く遮《さえぎ》った。

「そうだよ。だから、ザハリは決してぼくを殴らない。ぼくが特別扱《とくべつあつか》いなのは、みんな知ってる。だれも、ぼくをいじめたりしない。でも、友だちにもならない」

「……」

ノニは居心地《いごこち》が悪くなって目をそらした。ノニもできたら、生存保安部長の息子《むすこ》なぞと関《かか》わりたくなかった。まして、こんな弱々しい、吹《ふ》けば飛びそうな体をしているくせに、口調だけは大人びている妙《みょう》な奴《やつ》とは、つきあいたくもなかった。

「おれ、頭痛《いた》いから」

ノニはそう言って、イアンに背《せ》を向けて寝台《しんだい》に横になった。イアンの声がした。

「知っている？　昔、人には翼《つばさ》があって、空を飛んでいたって」

「えっ」

ノニは思わず振《ふ》り向《む》いた。

「まさか！　うそだろう？」

イアンは、ノニが反応《はんのう》したのがうれしいように、気弱そうに笑った。

「ほんとうさ」

「信じられない。昔って、いつのことさ？」

「大戦争が起こる前の〈旧時代《きゅうじだい》〉だよ。ぼくの家にある書物に書いてあった」

「旧時代？」

ノニは疑《うたが》わしそうな目でイアンを見た。

旧時代。今から千年以上も昔の、科学文明が発達した時代。大戦争が起き、滅《ほろ》びたが、オルテシアは旧時代の知識《ちしき》を温存《おんぞん》しながら汚染《おせん》を生きのび、シェルター開放後に大発展《だいはってん》を遂《と》げた。旧時代の知識は、特別市民《しみん》と呼《よ》ばれる特権《とっけん》階級だけに許《ゆる》され、普通《ふつう》市民はほとんど知ることができない。まして、旧時代の人々に翼《つばさ》があったなんて話は、聞いたことがなかった。

「でたらめだろう？　昔、翼があったのなら、なんで今、だれにも翼がないんだ？」

「翼は悪いものだからさ」

「悪いもの？」

「旧時代を滅ぼした大戦争は、翼人《よくじん》のせいで起きたんだってさ。だから、ぼくらは翼がはえないように、まだ母親のおなかにいる胎児《たいじ》のころに予防接種《よぼうせっしゅ》を受けるんだ」

あまりにイアンが確信《かくしん》をもってしゃべるので、ノニは危《あや》うく信じかけた。そんなノニの心を見透《みす》かすように、イアンが言った。

「信じてないんだろう？　でも、ほんとうなんだぜ。今でもときどき、思春期頃《ごろ》になると翼《つばさ》がはえてしまう人がいるんだ」

「そんなの、聞いたことがない」

「きみが知らないだけさ」

「……じゃあ、その翼がはえた人は、どうなるんだ？」

「思想矯正収容所《きょうせいしゅうようじょ》に連れていかれて、そこで翼を落とされる。親父《おやじ》がそう言ってるのを、聞いたことがある」

「……」

イアンの目が、ついっと窓《まど》の外の空を見た。

「それでも……ぼく、翼がほしいんだ」

ノニは驚《おどろ》いてイアンを見た。

「本気か？　翼がはえたら、思想矯正収容所に連れていかれるんだろ？」

「ああ。そうさ。それでもいい。一度でいいから空を飛びたいんだ。地上から離《はな》れて、自由にどこまでも飛んでみたい。いろんなところをこの目で見てみたい。そのためなら、どんな目にあってもいい」

イアンの目が動いて、ノニを見た。ノニも、イアンの薄《うす》い緑色の瞳《ひとみ》を見た。ノニは、イアンの目の中に、自分と同じ激《はげ》しい衝動《しょうどう》が揺《ゆ》れているのを見た。

ノニはつぶやいた。

「……そんなこと、言わないほうがいいぞ。いくら生存保安部長《せいぞんほあん》の息子《むすこ》だって、即《そく》、収容所《しゅうようじょ》行きになるぞ」

イアンも負けじと言った。

「訓示《くんじ》だって、言い変えないほうがいいぜ。即、矯正学舎《きょうせいがくしゃ》行きになるぜ」

「……おまえ、いやなやつだな」

「きみも」

ノニとイアンは、同時にぷっと吹《ふ》きだし、笑いだした。救護室《きゅうごしつ》に、少年らしい楽しげな笑い声が響《ひび》いた。

2

救護室から組にもどってからも、ノニは上の空だった。

――思春期頃《ごろ》になると翼《つばさ》がはえてしまう人がいるんだ。

そう言ったイアンの顔が思い浮《う》かんだ。

（ほんとうに、そんなことがあるんだろうか）

イアンの言うことは、突拍子《とっぴょうし》もないことばかりだった。荒《あ》れ地が昔、都市だったとか、人には翼《つばさ》があったとか……。おどおどしていて頼《たよ》りなげな様子なのに、それを言うときは、自信に満ちていた。なにより、イアンはノニを蔑《さげす》む態度《たいど》を見せなかった。そんな学舎生《がくしゃせい》に会うのは、ノニは初めてだった。

学舎生も教師《きょうし》も、ノニが旧街区《きゅうがいく》から来ていると知ったとたん、態度を変える。ノニとしゃべるとなにか悪い病気でもうつると思っているのか、ノニを無視《むし》するか、あからさまに侮蔑的《ぶべってき》な態度をとるのだ。

ほんとうなら、ノニもこんなところに来たくなかった。学舎で教える勉強は、国家元首と特別市民を褒《ほ》め称《たた》えるばかりでおもしろくなかったし、教師はみんな高圧的《こうあつてき》で、生徒はいつも従順《じゅうじゅん》に従《したが》うことばかり求められた。学舎にいると、ノニはいつも息が詰《つ》まるような気がした。こんなところに来るより、ユマばあを手伝って屑鉄《くずてつ》拾いをしているほうがよっぽどいい。だが、中等学舎までは全国民に教育を受けさせること、それが国家元首令で定められたことだった。逆《さか》らうことはできなかった。

「ノニ！　オルテシア共和国の主要な農産物を言ってみろ」

突然《とつぜん》、地理学の教師に当てられて、ノニは飛び上がった。

「えーと、オオバク麦と……トウモロコシ？」

「それにオムイモだ。大戦争で耕作不能《こうさくふのう》となった大地を穀倉《こくそう》地帯に生まれ変わらせたのは、オルテシアの偉大《いだい》な科学力だ。では、オルテシア共和国の資源《しげん》は？」

今度は教師《きようし》は別の学舎生《がくしやせい》を指した。当てられた学舎生はすらすらと答えた。

「ソリド・マグマです」

「ソリド・マグマの特性《とくせい》は？」

「その熱量で膨大《ぼうだい》なエネルギーを生みだします。また、水と混《ま》ぜるだけで強力な爆発力《ばくはつりよく》を持ちます」

ソリド・マグマは、奇跡《きせき》の地下資源《しげん》と呼《よ》ばれる。地中深くにどろどろに溶《と》けた高温状態《じようたい》で存在《そんざい》する有り様は、まさにマグマの一部だ。だが、それが普通《ふつう》のマグマと違《ちが》うのは、コップ一杯《いつぱい》ほどの量で町一つを一年動かせるほどのエネルギーを生みだすこと。また、そこに水が一滴《てき》でも混じれば、山が吹《ふ》き飛ぶほどの爆発力を持つことだ。非常《ひじよう》に危険《きけん》で、かつ非常に可能性《かのうせい》を秘《ひ》めた資源だった。なぜ、特定の場所に特殊《とくしゆ》な地下資源が生まれたかはまだ分かっていないが、今のオルテシア共和国にはなくてはならないものだった。

ソリド・マグマはその危険性ゆえに、採掘《さいくつ》するには巨大《きよだい》な特殊施設《しせつ》が必要とされる。ガルデア市は、ソリド・マグマ採掘工場によって発展《はつてん》してきた街だった。工場の周りに造《つく》られた新街区は、きれいな石煉瓦《いしれんが》の道で舗装《ほそう》され、労働者のための五階建ての集合住宅《じゆうたく》が行儀《ぎよう ぎ》よく並《なら》ぶ。冷暖房《れいだんぼう》が区画ごとに一括《いつかつ》管理され、水道も引かれている。

一方、旧街区《きゆうがいく》は荒《あ》れ地の向こう、古くから住んでいる人々の居住区《きよじゆうく》だった。昔は畑で野菜を作っていたが、荒れ地の有害な砂《すな》が押《お》し寄《よ》せてきて畑はつぶれ、次々と人が去っていった。今、残っているのは、行くあてもない年寄りばかりだ。彼《かれ》らのほとんどが、荒れ地に転がる屑鉄《くずてつ》を拾い集めて、なんとか生計をたてていた。この旧街区《きゅうがいく》で暮《く》らす子どもは、ノニただ一人しかいなかった。

教師《きょうし》は、学舎生《がくしゃせい》の答えにうなずいた。

「その通り。ソリド・マグマのおかげで、我《わ》が国は豊《ゆた》かになってきた。だが我《われ》らのソリド・マグマを勝手に採掘《さいくつ》しているのが、カザール自治連邦《れんぽう》だ」

教師は、怒《いか》りのあまり、教卓《きょうたく》をドンと叩《たた》いた。

「カザール自治連邦との戦いは始まったばかりだが、わがオルテシア軍の前に立ちふさがる敵《てき》などいない！　弱小シェルターの寄せ集め国家のカザール自治連邦などに、われらオルテシア軍が負けるわけがないのだ。連中からソリド・マグマをとりもどし、大陸に平和をもたらすのも時間の問題だろう。そのとき、悪政《あくせい》にあえぐカザールの貧《まず》しい民も、オルテシアの豊かな富《とみ》の恩恵《おんけい》にあずかることができる。この戦いは、大陸の未来をオルテシア《明日への希望》へと変える、正義《せいぎ》の戦いなのだ！」

熱に浮《う》かされたような教師の声を、学舎生たちは目を輝《かがや》かせて、吸《す》いつくように聞いている。だが、ノニは興味《きょうみ》がなかった。それよりも、戦争がはじまってから屑鉄《くずてつ》の値段《ねだん》が上がってきたことのほうが重要だった。戦争のおかげで、鉄の値段は前の三倍にも上がっている。新街区のほうも、景気が良くなってきたらしい。ガルデア市に、戦争に反対する者などいなかった。

やっと講義修了《こうぎしゅうりょう》の鐘《かね》が鳴った。地理学の教師が出ていったとたん、ノニは教書を鞄《かばん》に放りこみ、組を飛びだした。

石煉瓦《いしれんが》の道が続く新街区から一歩出たとたん、砂《すな》と石だらけの一本道になる。道は荒《あ》れ地の真ん中を貫《つらぬ》き、旧街区《きゅうがいく》へと続いている。

ノニは、荒れ地の手前で立ち止まり、砂よけのマスクを頭からすっぽりかぶった。荒れ地の砂を吸《す》いこめばしつこい咳《せき》が出るし、多量に吸い続けると命を縮《ちぢ》めると聞く。マスク一枚《いちまい》くらいではほんの気休めにしかならないのは分かっていたが、直接《ちょくせつ》砂を吸いこむよりはいい。

ノニは一心に走った。帰ってやらなくてはならないことはいっぱいある。ソリド・マグマ採掘《さいくつ》工場の裏《うら》に積み上げられている屑山《くずやま》から鉄を集めて、屑鉄屋に売りに行く。荒れ地の鉄よりも、屑山の鉄のほうが高く売れる。そのお金で食べ物を買うのだが、ユマばあが腰《こし》を痛《いた》めてからはあまり動けない。ノニの働きが頼《たよ》りだった。

だが、ノニは荒れ地の真ん中で足を止めてしまった。

岩の向こうに、人影《ひとかげ》がよぎったような気がしたのだ。それはほんの一瞬《いっしゅん》で、すぐに岩に隠《かく》れてしまったので、はっきりとは分からない。もしかしたら、荒れ地をさまようという亡霊《ぼうれい》が見えたのかもしれない。

（そうだ、人のわけがない。こんな有害な荒れ地をうろつく人間がいるわけない）

しかし、ノニは気になった。イアンから変な話を聞いたせいかもしれない。

道からはずれて、おそるおそる岩のほうに行ってみた。風が砂《すな》を舞《ま》い上がらせ、マスクのすきまから入りこんでくる。ノニは口元を押《お》さえ、岩の向こうに回りこんだ。

「え？」

そこにあるものを見て、ノニは目を見張《みは》った。

砂《すな》からなにかが顔を出している。四角い箱のように見えるそれは、なにかの建物の一部だった。ほとんど砂に埋《う》もれているが、間違《まちが》いない。明らかに人造物《じんぞうぶつ》だ。

ノニは、近づいた。

壁《かべ》はひび割《わ》れ、崩《くず》れかけている。そこに、砂に半分埋もれた四角い穴《あな》があいている。どうやら、窓《まど》のようだ。

のぞきこんでみる。

真っ暗で、何も見えない。

ノニは試《ため》しに石を投げてみた。コーンと跳《は》ね返る音がした。中は大きな空間があるようだ。

「だれか、いますか?」

穴に向かってさけんでみた。だが、自分の声がわーんと反響《はんきょう》してもどってきただけだった。

ノニは頭を突っこむように中を見た。

穴の下には、吹きこんだ砂が積もって山になっている。

ノニは、あげそうになった声をおさえた。

砂に、くっきりと足跡《あしあと》がついている。

だれかがここにいるのだ。

足跡は、穴《あな》の奥《おく》に向かっていた。ノニは、ドキドキする心臓《しんぞう》を押《お》さえ、穴に体をすべりこませた。

舞《ま》う埃《ほこり》が、穴《あな》からさしこむ光にきらきらと光った。

穴の奥に入り口があった。扉《とびら》はとうの昔に破《やぶ》れてしまったらしい。ぽっかりと開いた口の向こうに、廊下《ろうか》が続いていた。

壁《かべ》をつたって、ノニは歩いていった。暗くてよく分からないが、ひんやりと冷たい空気が漂《ただよ》っている。廊下は少し行くと行き止まりになっていた。そこに、扉があった。

ノニは思い切って取っ手をつかみ、引いた。そのとたんだ。

キキーッ、キーッ、キーッ
耳をつんざくようなけたたましい鳴き声といっしょに、たくさんの黒い影《かげ》が襲《おそ》いかかってきた。ノニは仰天《ぎょうてん》して逃《に》げだした。そのまま、夢中《むちゅう》で廊下を駆《か》けて穴から外に飛びだし、ふりかえった。

黒い影は、キーキー鳴きながら空に散っていく。スナコウモリだ。さんざん鳴き散らして狂《くる》ったように飛び回った挙《あ》げ句《く》、また一羽《わ》二羽と穴にもどっていく。ようやくノニの動悸《どうき》がおさまったときには、荒《あ》れ地は再《ふたた》び、風の音だけが響く寂《さび》しい場所にもどっていた。

太陽が、真っ赤になって沈《しず》みかけている。もう帰らなくてはならない。ユマばあは、さぞ怒《おこ》っていることだろう。

ノニは、立ち上がった。

マントの埃《ほこり》をはらって歩き出す。その後ろ姿《すがた》を、建物の陰《かげ》からじっと見つめる目があることには、気がつかなかった。

3

ノニが帰ったとき、ちょうどユマばあが押し車に屑鉄《くずてつ》をのせてもどってきたところだった。ノニの顔を見て、ユマばあは一瞬《いっしゅん》ほっとした表情《ひょうじょう》を見せたが、すぐに不機嫌《ふきげん》な顔になった。

「遅《おそ》いぞ、ノニ！　どこ行ってた」

「ごめん、ユマばあ。あの……」

「言《い》い訳《わけ》はいい！　急いで屑鉄屋に持っていってくれ。早くしないと閉《し》まっちまう」

「うん」

ノニは鞄《かばん》を放り投げ、マントをぬぐと、すぐに押し車を押して屑鉄屋に向かった。

崩《くず》れかけた石煉瓦《いしれんが》の家が並《なら》ぶ旧街区《きゅうがいく》は、ガランとしていて人の気配はなかった。若者《わかもの》や子どもは、有害な荒《あ》れ地の砂《すな》を恐《おそ》れて出ていき、残っているのは老人ばかりだ。ノニは吹《ふ》き寄《よ》せられた砂を蹴散《けち》らし、街区の端《はし》にある屑鉄屋に向かった。

屑鉄屋は髭《ひげ》をはやした背《せ》の低いおやじがやっていた。おやじは鉄の重さを秤《はかり》で計ると、後ろに積み上げた屑鉄の山に放りこんで言った。

「今日は少ないな。これだけだ」

おやじは、計算表の上によれよれになった紙幣《しへい》と硬貨《こうか》数枚《すうまい》を置いた。いつもの半分ほどだ。ノニはがっかりした。

（これじゃ、明日の飯はチェマ粥《がゆ》だけだな）

チェマ粥は、雑穀《ざっこく》で粥を炊《た》き、そこにチェマという乾燥苔《かんそうごけ》を放りこんだものだ。椀一杯《わんいっぱい》が五ソルほどで買えるチェマはそこそこに栄養もあり、ノニたちのような貧《まず》しい旧街区民《きゅうがいくみん》にはありがたい食材だった。戦争がはじまってからは鉄がよく売れるようになり、おかげでチェマ粥に干《ほ》し肉や、トロキと呼《よ》ばれる干したくず野菜も入れられるようになった。

ユマばあは、帰ってきたノニが出したお金を見て、よけい不機嫌《ふきげん》な顔になった。

「……しかたねえ。さあ、食うぞ」

ユマばあとノニは向かい合って座《すわ》り、黙《だま》って粥をすすりはじめた。

窓《まど》ががたがたと鳴る。どこからか、すきま風が吹《ふ》きこんでくる。

ノニは食べながら、ユマばあを見た。

額《ひたい》と頬《ほお》に深い皺《しわ》が走るユマばあの顔を見ていると、荒《あ》れ地に伸びるトゲノキを思いだす。雨が降《ふ》らなくても風が吹きつけても、トゲノキは耐《た》えて折れず、花を咲《さ》かせる。そんな生命力が、ユマばあの皺だらけの体からあふれている気がするのだ。

「なんだ、ノニ。わしの顔に、なにかついてるか？」

ユマばあは、ぎろりと目を光らせてノニを見た。ノニは首をふった。

「いや……ユマばあは、いつからここにいるのかな、と思って」

「ずっと前……おまえのじいさんと結婚《けっこん》したころからさ。そのころは、まだこの辺も畑を耕《たがや》せたからな。今じゃ、荒《あ》れ地の砂《すな》でだめになっちまったが」

「荒れ地は、そのころからあったの？」

「そりゃあ、ずっと前から」

「荒れ地は、昔は何だったの？　ユマばあは知ってる？」

ユマばあは椀《わん》をおろした。

「なんだって？　荒れ地は荒れ地じゃないか」

「いや、荒れ地になる前は、どうだったのかなって……」

「そんなこと知らんね」

ユマばあは、疑《うたが》い深げにノニを見た。

「まさか……遅《おそ》くなったのは、荒れ地をうろついてたんじゃないだろうね」

「え？　ま、まさか」

「おまえの両親は、荒れ地のせいで病気で死んだんだ。あそこを通るのはしかたないが、絶対《ぜったい》に長くいるんじゃないぞ」

「うん……」

「さっさと食え。わしはもう眠《ねむ》い」

「うん」

ノニは残ったチェマ粥《がゆ》を一息に喉《のど》に流しこむと、流しに立って鍋《なべ》と椀を洗《あら》いだした。ユマばあは、もう床《ゆか》に寝袋《ねぶくろ》を敷《し》いて寝る準備《じゅんび》をしている。ノニは、洗う手を止めずにたずねた。

「ねえ、ユマばあ。ユマばあは、聞いたことがある？　人には昔、翼《つばさ》があったとかいう話」

ユマばあは手を止めて、顔を上げた。

「なんじゃ。そんなの、聞いたことがない」

「今も、ときどき翼がはえてしまう人がいるんだってさ。そんなこと、本当にあるのかな」

ノニは、砂《すな》に汚《よご》れた窓《まど》から、外を見た。そこには大きな月が浮《う》かんでいた。

「ねえ、ユマばあ。おれ……どうしてだか、急に飛びたくてたまらなくなるときがあるんだ。ほんとうに飛べると思えるときすらある。おれは、おかしいんだろうか」

「……」

「ユマばあ？」

ノニを凝視《ぎょうし》していたユマばあは、はっとして再《ふたた》び手を動かしはじめた。

「さあね。そんなこと、考えたこともないね。飛べるわけがないしね」

「……そうだよね」

「じゃあ、わしは寝るから」

ユマばあは、さっさと寝袋にもぐりこむと、すぐに寝息をたてはじめた。ノニは布《ぬの》を濡《ぬ》らして体をふき、砂埃《すなぼこり》を落とすと、ユマばあのとなりの寝袋にもぐりこんだ。

荒《あ》れ地からの風で屋根ががたがたと鳴る。ノニは暗闇《くらやみ》の中で、砂に埋《う》もれた建物を思いだしていた。

（イアンの言う通り、荒《あ》れ地は昔、都市だったのか……あそこにあった足跡《あしあと》は、だれのものだったんだろう……）

考えているうちに、ノニは眠《ねむ》りの闇《やみ》に吸《す》いこまれていった。

4

「ほんとうに、行く気か？」

ノニは、何度も念を押した。イアンはそのたびに、うなずいた。

「行くよ。絶対《ぜったい》見に行く」

ノニは、ため息をついた。

（言わなきゃよかった）

次の日、学舎《がくしゃ》に行ったノニは、イアンに荒れ地で見たもののことを話したのだ。そのとたん、この食いつきようだ。

「やめたほうがいいぞ。荒れ地の砂《すな》は体に悪い。おれだって、マスクしてたって咳《せき》こむくらいなんだぞ。おまえが、そんなところに歩いていけるわけがないだろう？」

「やってみなくちゃわからないだろ」

「なにかあったら、おれが迷惑《めいわく》なんだよ」

「絶対《ぜったい》、迷惑はかけない。だから頼《たの》む。連れてってくれ」

イアンの意志《いし》を変えさせることはできなかった。ノニはしかたなく、イアンといっしょに学舎《がくしゃ》を出たのだ。

案の定、荒《あ》れ地の道を半分も来ないうちに、イアンは激しく咳《せき》こみはじめた。ノニはマスクを貸《か》して、自分は口に布《ぬの》を当て、イアンの肩《かた》を抱《だ》くようにして歩かねばならなかった。

ようやく、昨日見つけた建物の前に来たときには、イアンはよれよれになっていた。それなのに建物を見たとたん、マスクをはぎとって駆《か》け寄《よ》ったのだ。

「すごいよ、ノニ！　間違《まちが》いない。これはきっと、旧時代《きゅうじだい》の遺跡《いせき》だ」

「旧時代？　まさか！　千年も前の建物が残ってるわけないだろう？」

「でも、旧時代の科学技術《ぎじゅつ》は、今より遥《はる》か上だったんだ。建物が残ってたって不思議はない」

「でも、どうしてこれだけ残ってるのさ？」

「他のは、まだ砂に埋《う》もれているのかもしれない。それとも、これがなにか特別な建物で、これだけ残っているとか……それにしても、ほんとうに遺跡が見つかるなんて！」

イアンは興奮《こうふん》のあまり、また咳こんだ。ノニはあわてて、背中《せなか》をさすった。

「おい、だいじょうぶか。もう帰ったほうがいいんじゃないか」

「帰る？　まさか！　この発見を前にして帰る馬鹿《ばか》がどこにいる？　行こう」

「え？」

「中を見るんだよ。さあ」

そのかよわい体からは想像《そうぞう》もできない強引さで、イアンはずかずかと穴《あな》から中に入っていった。ノニはあわてて止めた。

「待てよ。きのう、おれも入っていったんだ。そしたらコウモリが……」

「この辺にいるなら、どうせスナコウモリだろ？　安心しろ。奴《やつ》らは血を吸《す》わない種類だから」

そう言って、イアンはそのまま穴の奥《おく》へと歩いていこうとしている。ノニはあわてて鞄《かばん》から、用意しておいた蝋燭《ろうそく》を取りだした。火をつけると、揺《ゆ》らめく明かりが廊下《ろうか》を照らしだした。

「イアン、待て」

ノニは、急いでイアンの後を追った。

蝋燭で辺りを照らしながら、二人はそろそろと歩いていった。昨日は暗くて分からなかったが、廊《ろう》下《か》の壁《かべ》にはなにか文字と矢印が書いてあった。それを見たイアンは、感動したような声をあげた。

「すごいぞ。旧時代《きゅうじだい》の文字だ」

「えっ、分かるのか？」

「意味は分からないけど」

「なんだ」

矢印の先には、もう一つ、入り口があった。そこの扉《とびら》は壊《こわ》れているらしく、開きかけた状態《じょうたい》で固まっていた。

「こっちに行ってみよう」

イアンが指さした。蝋燭《ろうそく》で照らすと、その先は階段《かいだん》になっていた。ノニは驚《おどろ》いた。階段はずっと下まで続いている。小さな建物だと思っていたこの遺跡《いせき》は、実は見えていたのはほんの一部で、もっと巨大《きょだい》な建物だったのだ。

二人は階段を一つ下までおりてみた。その先は、また廊下《ろうか》が続き、つきあたりに、大きな扉があった。扉の横の壁には、なにか文字が書いてある。ノニは、きのうのコウモリのことがあったので、おっかなびっくりだった。だが、イアンは全く警戒《けいかい》していなかった。

「ここ、入ってみよう」

止める間もなく、イアンは扉を引いた。扉は意外にするすると滑《なめ》らかに動いた。ノニは身構《みがま》えたが、コウモリは出てこなかった。ノニはほっとすると、中を蝋燭で照らしだした。

「これは……」

そこは、見たこともないような大空間だった。上の階まで吹《ふ》き抜《ぬ》けになっており、整然と背《せ》の高い棚《たな》が立ち並《なら》んでいる。どの棚にも、書物がぎっしりと詰《つ》まっていた。壁《かべ》も全面、棚になっている。

「すごい書物だ……」

イアンも目を丸くして、茫然《ぼうぜん》と見回した。甲高《かんだか》い声が、変にかすれていた。

「もしかしたら、〈図書館〉かも」

「なんだ、それ?」

「旧時代《きゅうじだい》は、書物を集めて無料で市民が読める〈図書館〉というところがあったそうなんだ」

「ええっ、特別市民じゃなくても？」

「旧時代《きゅうじだい》は、特別市民も普通《ふつう》市民もなくて、みんなただの市民だったんだ。望めば、どんなことでも学ぶことができたんだよ」

ノニは驚《おどろ》いた。信じられないことだった。オルテシア共和国では、上級知識《ちしき》を学ぶことができるのは特別市民だけだった。

「どうして、そんなに旧時代に詳《くわ》しいんだ？」

「ぼくの家庭教師《きょうし》が、旧時代が好きでね。書物も、その家庭教師がくれたんだ」

イアンは、近くにあった棚から書物を一冊《さつ》、引き抜《ぬ》いた。

「昔のものなのに、こんなにきれいだ。保存状態《ほぞんじょうたい》がいいんだな」

「何が書いてある？」

「そこまでは分からないよ。でも、見ろ、この写真！」

イアンが開いた書物にあったのは、どこかの街《まち》の写真だった。雲を突《つ》くような尖塔《せんとう》が立ち並《なら》び、その間を縫《ぬ》うように透明な管が縦横《じゅうおう》に走っている。管の中に見える流線型のカプセルのようなものは、乗り物だろうか。

「すごい！　こんな街があったなんて……」

ノニは息を飲んだ。だが、イアンが感心しているのは、別のことだった。

「街もそうだけど、この印刷技術《ぎじゅつ》！　これだけでも、旧時代の科学技術がいかにすばらしかったかがよく分かるよ。ああ、旧時代《きゅうじだい》の文字が分かれば、ここの書物を全部読めるのに！」

ノニは肩《かた》をすくめた。自分はたとえ文字が分かったとしても、こんなに書物を読む気にはなれない。

だが、イアンの方は夢中《むちゅう》だった。棚《たな》の間を歩き回り、書物を引っぱりだして開くたびに、あの甲《かん》高《だか》い声をあげるのだ。

「すごいよ、ノニ。こっちにあるのは化学の専門書《せんもんしょ》らしい。こんな知識《ちしき》を彼《かれ》らは持っていたんだな！」

「ふうん」

「ノニ、こっちは、歴史書かなにかだ。ああ、これが読めたら、旧時代に何があったのか、すぐに分かるのに！」

ノニも、ためしに一冊《さつ》、適当《てきとう》なものを引きだして、開いてみた。

どうやら、それは植物かなにかの解説書《かいせつしょ》らしい。きれいに彩《いろど》られたたくさんの植物の写真と絵があり、旧時代の曲がりくねった文字で説明らしきものが書いてある。こんなきれいな書物は、見たことがない。今の印刷はもっと粗《あら》いし、色もこれほど鮮《あざ》やかではない。

（たしかに、すごい科学だったんだろうな）

イアンは、奥《おく》まで行ってしまったらしい。ノニは蝋燭《ろうそく》を持って追いかけた。

「イアン？　どこだ？　おれ、そろそろ帰らないと……」

イアンは、棚《たな》の奥にいた。暗がりを見つめたまま、動かない。

「イアン、どうした？　なにかおもしろいものがあったのか？」

近づいたノニは、イアンの見る方を照らしだし、固まった。

棚《たな》の間の暗がりにいたのは、一人の老人だった。髭《ひげ》も髪《かみ》も伸《の》び放題《ほうだい》で、汚《よご》れた灰色《はいいろ》の服を着ていた。

ノニはとっさに、イアンをかばうように立った。

「おまえは、だれだ」

老人は、ノニが向ける蝋燭《ろうそく》の灯がまぶしいらしく、手をかざしてノニたちを見た。

「きみたちは……子どもか」

「こんなところで、何をやってるんだ？」

「何って、調査《ちようさ》だよ。わしは、考古学者なんだ」

ノニは、老人の足下《あしもと》に積み上げられている書物を見た。まるで壁《かべ》のように老人を囲んでいる。その中に、くしゃくしゃの毛布《もうふ》とランプ、書き散らした紙束が置いてあった。

老人は警戒《けいかい》を解《と》いて、おもしろそうにノニたちを見た。

「きみたちこそ、なんでここへ？」

「おれたちは……遺跡《いせき》を見つけたから、入ってみただけだ」

「遺跡か。たしかにそうだ。ここは、旧時代《きゆうじだい》に〈図書館〉と言われていたところだ。それも、たぶんかなり大規模《だいきぼ》な図書館だろう」

イアンの目が輝《かがや》いた。

「やっぱり！　そうじゃないかと思ったんです」

「知ってるのか。旧時代《きゆうじだい》のことを」

「はい」

老人はうれしそうに笑った。

「見ろ、この書物の山を！　ここは、貴重《きちよう》な旧時代の資料《しりよう》の宝庫《ほうこ》だ。しかも、驚くべき保存状態《ほぞんじようたい》だ。この建物自体が、書物を永久《えいきゆう》保存するべく、とても頑丈《がんじよう》に造《つく》られているのだろう。だから、千年もの年月を超《こ》えて残ったのだ。旧時代の科学力は、おそろしいほどだ」

「あなたは、旧時代の文字が読めるんですか？」

「全部じゃないがな。これでも一応《いちおう》、研究者だから」

「あなたの名前は？」

「わしは、ユパンキ。ユパンキ・カザルスだ」

イアンはすっとんきょうな声をあげた。

「ユパンキ？　あの、『旧時代の社会構造《こうぞう》』を書いたユパンキ博士ですか？」

老人は驚《おどろ》いた顔をした。

「わしの書物を知っているのかね？　あれは発刊禁止《はつかんきんし》になっているのに」

「禁止になる前に、ぼくの家庭教師《きようし》がくれたんです。ぼく、何度も読みました」

イアンの顔は、興奮《こうふん》で赤らんでいる。ユパンキ老人は、顎《あご》をなでた。

「驚いたな。きみたち、名前は？」

「イアン・スパダです」

「……」

イアンはすぐに答えてしまったが、ノニは警戒《けいかい》して答えなかった。だが、老人は気を悪くする風でもなく、たずねた。

「きみたち、ここの書物が読みたいかね？」

「はい！」

イアンは即答《そくとう》した。ユパンキ老人は微笑《ほほえ》んだ。

「それなら旧時代《きゅうじだい》の文字を教えてやろう。全部はとても無理だろうが、少しなら覚えられるだろう」

「ほんとうですか！　ありがとうございます」

イアンは飛び上がらんばかりだった。ユパンキ老人はうなずいた。

「今日は、もう帰ったほうがいい。明日、また来るといい。だが、いいかね？　わしがここにいることは、どうか秘密《ひみつ》にしてほしい」

「秘密に？　どうして……」

無邪気《むじゃき》にたずねようとしたイアンの袖《そで》を、ノニは引っぱった。

「イアン、行くぞ」

「でも……」

「いいから、早く！」

ノニはイアンを引きずるように、強引《ごういん》に建物の外に連れだした。荒《あ》れ地の太陽はすでに傾《かたむ》いて、空は赤く染《そ》まっていた。

「ノニ！　なんだよ、そんなに急いで。どうしたんだよ」

ノニは、やっとイアンをはなした。

「イアン！　どういうつもりだ！　無防備《むぼうび》にあんな危《あぶ》ない奴《やつ》に名前まで教えるなんて！」

「危ないやつ？」

「見ただろう、あいつの着ている服。あれは、思想矯正収容所《きょうせいしゅうようじょ》の囚人服《しゅうじんふく》だ。あいつはきっと、脱《だっ》走《そう》してきたんだ」

イアンは、目を丸くした。

「ユパンキ博士が、思想矯正収容所に？　そんな、なぜだ？」

「そんなの、おれが知るか。でも、あのじいさんは、危ないやつなんだよ」

「危ないやつ？　ちがうよ、ノニ。きみは知らないんだ。博士は、実にすばらしい研究者なんだよ。普《ふ》通《つう》市民なのに、これまで数々の旧時代《きゅうじだい》の謎《なぞ》を解《と》き明かして、特別市民待遇《たいぐう》の博士になった人なんだよ。よかったら、きみにも博士の書物を……」

「そんなりっぱな人間なら、どうして思想矯正収容所に入れられて、そこから脱走するんだ？　いいか、イアン。もうここに来るのはやめよう。それで、おまえの親父《おやじ》に、あいつのことを話すんだ」

そのとたん、イアンの顔色が変わった。

「そんなこと、絶対《ぜったい》だめだ」

「どうして？　あいつのことを黙《だま》っていたら、おれたちまで共犯者《きょうはんしゃ》にされて捕《つか》まることになるぞ」

「絶対に捕まらないさ。ぼくもきみも」

ノニは口を閉《と》じた。たしかに、スパダ生存保安部長《せいぞんほあん》の息子《むすこ》を捕まえる奴《やつ》はいないだろう。でも、ノニはちがう。旧街区《きゅうがいく》暮らしの子どもなんて、だれも守ってくれやしないのだ。

「おまえはそうでも、おれはちがう。おれは、そんな危険《きけん》を冒《おか》す気はないからな」

イアンは、黙ってノニを見つめた。それから空をふりあおいで言った。

「それは残念だな。博士が、空を飛ぶ方法を知っているかもしれないのに」

「え？」

「言ったろう？　旧時代《きゅうじだい》の人は、みんな翼《つばさ》があって、空を飛んでいたって。ここの書物のどこかに、その方法が書いてあるかもしれない。ユパンキ博士なら、それを知っているかもしれない。それでも、きみはユパンキ博士のことを話すのか？」

ノニは、イアンを睨《にら》みつけた。

「ずるいぞ」

「そうか？」

「そうだ。おまえはそう言えば、おれが絶対に密告《みっこく》しないと思ってるんだろう？」

「うん。思ってる」

ノニはいらだたしげに砂《すな》を蹴《け》った。

「……今はまだ、言わないでおいてやる。でも、少しでもあのじいさんがおかしな言動をしたら、おれはすぐに密告するからな」

「……分かった」

イアンはにこっと笑うと、マスクをノニに返した。

「これ、ありがとう。明日はぼく、自分でマスクを用意してくるよ」

「明日も来る気か？　だいじょうぶなのか？」

「ああ。きみは、早く帰らないといけないんだろう。行ってくれ」

イアンは元気よく手を振《ふ》ると、新街区《しんがいく》に向かって歩き出した。ノニはマスクをすっぽりかぶり、旧街区《きゅうがいく》へと歩きだした。が、気になって、少しも行かないうちにふりむいた。

そこには、うずくまるイアンの姿《すがた》があった。

「イアン！」

ノニは駆《か》け寄《よ》った。

「だいじょうぶか、イアン」

イアンは、咳《せき》が止まらない様子だった。

「だから、言わんこっちゃない」

ノニは、イアンに強引にマスクをつけさせ、肩《かた》を貸《か》した。イアンはノニに体を半ばあずけて歩きながら、かすれ声で言った。

「ごめんな、ノニ。ぼく、やっぱり迷惑《めいわく》をかけているみたいだ」

「……おまえがここで行き倒《だお》れちまったほうが迷惑だ。イアン、何度も言うが、ここの砂《すな》は有害なんだ。来るのはやめたほうがいい」

「ノニ。ぼくは、明日も来るよ。それで、博士に旧時代《きゅうじだい》の文字を教わるんだ。それができたら、死んだっていい」

「どうして、そんなに知りたがるんだ？」

イアンは黙《だま》った。うつむいて、歩く自分の足を見つめながらつぶやいた。

「……体が思うように動かないからだよ。だから、せめて頭の中は自由でいたいんだ。そのために、たくさんのことを知りたいんだよ」

「おれには分からないな」

「ああ。分からないと思うよ」

イアンは、マスクの下でふふっと笑った。ノニも、ふふっと笑った。

夕焼けが二人を照らしだしていた。

（今日も、ユマばあに怒《おこ》られるな）

そう思ったが、足を止めようとは思わなかった。ノニは、肩《かた》にイアンの重さを感じながら、新街区《しんがいく》へ向かって歩いていった。

第二章　旧時代《きゆうじだい》の謎《なぞ》

1

翌日《よくじつ》、イアンは学舎《がくしや》に来なかった。体調を崩《くず》して休んでいるという。ノニは心配になった。

（やっぱり、きのう荒《あ》れ地の砂《すな》を吸《す》いこんだせいじゃ……）

一日、落ち着かなかった。ノニが、だれかのためにこんな気持ちになるなんて、初めてだった。

（全く、あいつはあんな弱っちい体なのに、無鉄砲《むてつぽう》すぎる！　だから、荒れ地になんか来るのは無理だって言ったんだ！　どうするか？　見舞《みま》いにでも行くか）

しかし、旧街区《きゆうがいく》の子どもが、生存保安《せいぞんほあん》部長の家に入れてもらえるわけがない。

（それより、あのじいさんに釘《くぎ》をさしておこう。イアンがあのじいさんにこれ以上近づくのをやめさせなくては）

講義《こうぎ》が終わると、ノニは飛ぶように荒れ地の道を走った。目印の岩を見つけて、道をそれる。〈図書館〉は、そのままそこにあった。ノニは蝋燭《ろうそく》に火をつけて、中に入っていった。

中は静まり返っていた。ノニは階段《かいだん》をおりて、扉《とびら》を開けた。

「えっ」

あまりのまぶしさに、ノニはくらくらした。高い天井《てんじょう》につけられた電気灯《でんきとう》が、白く煌々《こうこう》とした光を放っているのだ。驚《おどろ》いているノニの耳に、あの甲高《かんだか》い声が聞こえた。

「ノニ！　来たのか！」

ノニは目を疑《うたが》った。棚《たな》の向こうから出てきたのは、なんとイアンだった。

「イアン！　おまえ、体調崩《くず》してたんじゃ……」

「ああ。仮病《けびょう》だよ。学舎《がくしゃ》に行くふりをして、こっちに来てた」

ぬけぬけと言うイアンに、ノニは開いた口がふさがらなかった。

「お、おまえ、おれがどれほど心配したと思ってる！」

思わず胸《むな》ぐらをつかんだノニの手を離そうとして、イアンはじたばたと身をよじった。

「ご、ごめんよ、ノニ。ぼく、一刻《いっこく》も早くここに来たかったんだよ」

「でも、学舎をずる休みするなんて！　ばれたらどうする気だ？」

「だいじょうぶさ。だれも、おれを罰《ばっ》したりしないから」

最後を吐《は》き捨《す》てるように言うと、イアンはやっとノニの手から逃《のが》れた。

「それより、明るいだろ？　電気灯の配線が切れてたのを、つないだんだよ。そしたら、この明るさだ！」

「ああ。わしも驚《おどろ》いた」

棚《たな》の奥《おく》の、積み上げた書物の壁《かべ》の中から、ユパンキ老人がひょこっと顔だけ出した。

「どうやら、建物の上部に太陽光を使った発電システムがついていたらしい。それが今も使えることにも驚きだが……それに気づいて配線を直したイアンくんにも驚いた」

「だって、暗くて見づらいし、ランプだと火が危《あぶ》ないだろう？　それに、ほら、見ろ」

イアンが天井《てんじょう》を指さした。見上げたノニは、驚きで呼吸《こきゅう》を忘《わす》れた。

そこにあったのは、空を飛ぶ人々の壁画《へきが》だった。漆喰《しっくい》で塗《ぬ》りつぶされていたらしいが、漆喰がはがれ落ちたところに、真っ青な空を翼《つばさ》を広げて飛ぶ人々の絵がのぞいている。

「これ……は……」

ノニはその絵に目が貼《は》りついたように動けなくなった。

絵の人々の翼は、いろいろな大きさや色をしていた。そのだれもが、飛ぶことの喜びにあふれた顔をしている。

「旧時代《きゅうじだい》の人々だよ」

ユパンキ老人の声がした。

「電気灯《でんきとう》がつくまで、わしも知らなかった。これを見ると、旧時代の人々は、ほんとうに翼があったのだな」

「……」

ノニはしばらく動くことができなかった。絵に集中すると、自分も絵と同化して、いっしょに飛んでいるような気持ちになった。

青い空の中、自由に羽《は》ばたく。そこには、ノニを縛《しば》るものはなにもない。

ノニは一度目を閉じ、大きく呼吸《こきゅう》をした。それからやっと絵から目を離《はな》し、ユパンキ老人を見た。

「どうして、この壁画《へきが》が塗《ぬ》りつぶされたんだろう。やっぱり、大戦争が翼人《よくじん》のせいで引き起こされたからか？」

「うーむ。そういう説もあるが……だがな、旧時代《きゅうじだい》のことを詳《くわ》しく調べていくと、どうも違《ちが》うようなのだ」

ノニは、えっと老人の顔を見つめた。ユパンキ老人は、天井《てんじょう》の絵を見つめながら言った。

「大戦争の原因《げんいん》は、翼人のせいではない。むしろ、翼人は、戦争を止めようと奔走《ほんそう》したという記録が見つかったのだ。つまり、翼《つばさ》は悪だという説は、大戦争後、翼人を排斥《はいせき》する勢力《せいりょく》が作りだしたものなのではないか、という推測《すいそく》が出てきたのだ」

ノニもイアンも、食いつくようにユパンキ老人の話を聞いていた。老人は、困《こま》ったように笑った。

「だが、そのことを論文《ろんぶん》で発表した直後に、わしは逮捕《たいほ》され、思想矯正収容所《きょうせいしゅうようじょ》に送られた。ねつ造《ぞう》論文で人々を惑《まど》わした罪《つみ》だそうだ。研究者として、積み重ねた事実から導《みちび》きだした論考を発表しただけなのに」

「……」

「そのときから、わしは疑問《ぎもん》をもつようになった。今、胎児《たいじ》に予防接種《よぼうせっしゅ》をさせるのは、翼人《よくじん》が悪だからではなく、翼人のもつ力を恐《おそ》れているからではないかと。では、翼人の何をそんなに恐れているのか。それを知るためにも、わしはどうしても旧時代《きゅうじだい》の翼人のことを、大戦争の真実を知らなくてはならないのだ」

だが、ノニはそれ以上聞いていなかった。その場に座《すわ》りこみ、力が抜《ぬ》けたようにつぶやいた。

「どっちにしても、注射《ちゅうしゃ》されたおれは、もう絶対《ぜったい》に空を飛ぶことなんてできない……」

ユパンキ老人は、顎《あご》をなでた。

「うむ。むずかしいだろう。だがな、可能性《かのうせい》はゼロではない」

「え？」

「わしは、見たことがあるのだ。翼人を」

「ええっ、本当に！　ど、どこで？」

ノニは思わず、老人の腕《うで》をつかんだ。老人の顔が曇《くも》った。

「思想矯正収容所《きょうせいしゅうようじょ》だ」

「……」

「連れてこられた翼人は、手術《しゅじゅつ》で翼《つばさ》を落とされ、その後、独房《どくぼう》に隔離《かくり》された。噂《うわさ》では、そこでかなり厳《きび》しい矯正プログラム……人格《じんかく》を破壊《はかい》するようなプログラムを受けさせられるらしい。多くの者がそれに耐《た》えられず死を選び、生き抜《ぬ》いて出てきた者は、まるで別人になっているそうだ。いつもなにかに脅《おび》え、命令にはなんでも服従《ふくじゅう》する人間だ」

「……」

ユパンキ老人は、ノニとイアンを見た。

「飛びたいのか？」

二人はうなずいた。老人の表情《ひょうじょう》は厳《きび》しかった。

「わしは……あまり薦《すす》められないね。今の時代、翼《つばさ》をもって生きるリスクはあまりに大き過《す》ぎる」

「……そういう博士も、思想矯正収容所《きょうせいしゅうようじょ》から脱走《だっそう》してまで、旧時代《きゅうじだい》の戦争の真実を見つけだそうとしている」

イアンの言葉に、ユパンキ老人は目を見張《みは》り、笑いだした。

「これはやられたな。確《たし》かにそうだ」

しかし、次の瞬間《しゅんかん》、恐《こわ》いほど真剣《しんけん》な顔になった。

「本気で飛びたいのか？　言っておくが、これは命がけのことだ。もし軽い気持ちで言っているのなら、やめたほうがいい」

「軽い気持ちなんかじゃない！　おれは、飛びたい。飛ばないと、もう息もできない気がするんだ」

さけんだのはノニの方だった。ユパンキ老人はノニをじっと見つめ、うなずいた。

「そうか……わかった」

「……」

「飛ばねば生きられない者もいる。わしには翼《つばさ》ははえなかったが、考古学にのめりこんだのは、それがわしの翼だったからかもしれぬ」

ユパンキ老人は、書物の山をごそごそとさぐりはじめた。そして、一冊《さつ》の書物を出してきた。

「あったあった。これだ」

埃《ほこり》で真っ白になった書物の表紙を、ユパンキ老人は吹《ふ》き飛ばした。

「ここに書いてあったのだ。翼についての記述《きじゅつ》が」

ユパンキ老人は咳払《せきばら》いをすると、読みはじめた。

「『翼がなぜはえるのかは、確定的《かくていてき》な原因《げんいん》は不明である。だが、おそらく無意識《むいしき》的な精神的必然性《せいしんてきひつぜんせい》と身体条件《じょうけん》が適合《てきごう》したときに翼が生じると思われる』」

ノニは首をかしげた。

「なにを言ってるんだ？」

すると、となりで甲高《かんだか》い声をあげたのは、イアンだった。

「ぼくには少し分かるな。つまり、翼がどうしても必要だと思う者で、体が翼に耐《た》えられる者には、翼がはえる、ということでしょう？」

「うむ、そういうことだ。どうしても飛びたい、自分は飛べると、心の底から思えば可能性《かのうせい》はある、ということだな」

「そう思うなら、たとえ注射《ちゅうしゃ》をされていても翼がはえることがあると？」

「それは、だれにも分からん。きみ次第《しだい》なんだろう」

ノニは、いきなりがばっと頭をさげた。

「お願いです！　ここの書物で、翼《つばさ》をはやす方法が書いてあったら、教えてください」

ユパンキ老人は、ノニの様子に驚《おどろ》いた顔をした。

「そんなに翼がほしいのか……」

「……」

「……分かった。見つけたら、必ず教える。だが、きみはもう一度、考えたほうがいい。なぜ、そんなに飛びたいのか。翼がほんとうに必要なのか」

「……」

ノニはうつむいた。その腹《はら》が、グググーッと派手《はで》な音をたてた。ユパンキ老人は笑いだした。

「ははは、腹がすいているのか？」

「……」

「よし、いいものをあげよう」

老人は、毛布《もうふ》の下にあった袋《ふくろ》の中から、銀色の包みを取りだした。それをびりっと破《やぶ》ると、中から黒い塊《かたまり》が出てきた。

ノニは、気味悪そうに黒い塊を見た。まるで炭かなにかのようだ。

「それは何ですか？」

イアンも、いぶかしげに見てたずねた。老人はにっこりした。

「ここの一番下の階に備蓄《びちく》されていた食糧《しょくりょう》だ。おそらく、なにか災害《さいがい》でもあったときのための保存《ほぞん》食《しょく》だったのだろう。だがすごいぞ。なんせ、今でも食べられる。栄養もちゃんとあって、こいつを食べるだけで腹《はら》がふくれる上、なかなかおいしいのさ。さあ、食ってみろ」

ノニはためらった。ところがイアンは、さっさと口に放りこんでしまった。

「結構《けっこう》、おいしい。なんか濃《こ》い砂糖菓子《さとうがし》みたいだ」

「そうだろう。さあ、きみも」

さしだされて、ノニはやっとつまみあげた。おそるおそる、はしっこをかじりとる。そのとたん、砂糖をたっぷり入れた黒豆珈琲《コーヒー》のような、濃厚《のうこう》な甘味《あまみ》が口中に広がった。粘《ねば》っこくて、何度も噛《か》まねばならないが、噛めば噛むほど、黒い塊《かたまり》が腹の中でふくらんでくるのを感じた。

「すごい。おなかがいっぱいになってきた」

「そうだろう」

老人は満足げにうなずいた。

「いや全く。ほんとうに、旧時代《きゅうじだい》はなんという科学力を持っていたのだろう！　だが、その彼《かれ》らも戦争を防《ふせ》ぐことはできなかった。それが翼人《よくじん》のせいではないとしたら、何が原因《げんいん》だったのか。なぜ、世界を滅《ほろ》ぼすような戦争が起こったのか。わしはそれが知りたいんだ」

ユパンキ老人は、袋《ふくろ》からごそごそと何枚《なんまい》かの紙を取りだした。

「……ところで、おまえさんたちに分かるように、旧時代《きゅうじだい》の言葉の基本的《きほんてき》なところを書きだしておいたぞ」

「ありがとうございます！」

　イアンは大喜びで受け取り、ノニに言った。

「先に見てもいいかい？　すぐに渡《わた》すから」

「いや、いいよ。おまえが見ればいい。おれはたぶん頭に入らない。おまえが覚えて、教えてくれ」

「……分かった」

　イアンは早速《さっそく》、紙に頭を突《つ》っこむように読みはじめた。ノニは、黒い塊《かたまり》の最後の一かけらを口にいれ、天井《てんじょう》の絵を見上げた。

　空を飛ぶ人々。

（空から見た世界は、どんなだったのだろう？　ああ、おれも飛べたら！）

　背中《せなか》がむずむずするような気がした。だが、手で背をなでても、そこにはなにもなかった。

2

　驚《おどろ》いたことに、イアンは三日とたたずに、ユパンキ老人に渡された紙の内容《ないよう》を覚えてしまった。そして簡単《かんたん》な文法を習うと、もう書物を開いて読むことをはじめたのだ。読みながら分からないことは、ユパンキ老人に聞いて、乾燥苔《かんそうごけ》が水を吸《す》いこむようにどんどん吸収《きゅうしゅう》していく。その集中力に、ノニは舌《した》を巻《ま》いた。

　ユパンキ老人も、聞かれると大喜びで答えた。だが、たいてい聞かれたこと以上に、自分の研究成果を語りたがることには閉口《へいこう》した。

　ユパンキ老人が語りはじめると、ノニはイアンに任《まか》せて逃《に》げだし、ぶらぶらと棚《たな》の間を歩いた。ときどき、目についた書物を引っぱりだして見る。文字は分からなくても、なんとなく内容《ないよう》は分かった。その美しい印刷は、ノニの心をひきつけた。

　いつしか、ノニは〈図書館〉での時間を楽しみにするようになっていた。それは、学舎《がくしゃ》でも家でも経験《けいけん》したことのなかった、豊かな時間だった。学舎が終わると、ノニは飛ぶように〈図書館〉にやってきた。イアンは、いつも先に来ていた。どうやら自転車を隠《かく》していて、学舎が終わるとそれで来ているらしかった。

〈図書館〉でユパンキ老人の半強制的《はんきょうせいてき》な講義《こうぎ》を聞いているうちに、ノニも旧時代《きゅうじだい》のことがおぼろげながら分かるようになってきた。その発達した文明のありさまは興味《きょうみ》深く、飽《あ》きることがなかった。

　ノニが一番驚《おどろ》いたのは、旧時代というのが、自由が保障《ほしょう》された時代だったことだ。自由に自分の考えを言ったり、仕事や勉強も好きなものを選ぶことができたというのが、ノニを驚かせた。

「なんでも選べるって……普通《ふつう》市民が上級知識《ちしき》を学んだり、上級職《じょうきゅうしょく》の仕事に就《つ》くことができたってことですか？」

「そうさ。努力さえすれば、普通市民が国家元首になることだってできたんだ」

「ええっ、まさか！」

「それがほんとうなのさ、ノニ」

横から、イアンが得意げに言った。

「国家元首だって、市民が選挙で選んでいたんだ。って、えへへ、これ博士の『旧時代《きゅうじだい》の社会構造《こうぞう》』に書いてあったことなんだけど」

ノニには想像《そうぞう》もできなかった。

学舎《がくしゃ》では、シェルター時代を生きのび、国を発展《はってん》させることができたのは、特別市民と、彼《かれ》らが選んだ国家最高元首のおかげだと教えこまれてきた。普通《ふつう》市民は中等学舎までしかいけないが、特別市民は上級学舎や、その上の研究学舎にいくことができる。国を動かす重要な職《しょく》も特別市民が独占《どくせん》しているが、ノニはそれが当然のことだと思ってきた。普通市民が国家元首を選ぶなんて、考えることもできなかった。

ノニは天井《てんじょう》を見上げた。壁画《へきが》の人々の翼《つばさ》は、輝《かがや》くように描《えが》かれていた。

「じゃあ、旧時代に生まれていたら、おれも自由に勉強して仕事を選べたってことか」

ノニのつぶやきに、イアンは真剣《しんけん》な顔で答えた。

「今だって、本当はそうあるべきだと思うよ。きみもぼくもユパンキ博士も、同じ人間なんだから」

心臓《しんぞう》がどくっと鳴った気がした。

同じ人間。その言葉に、こんなに胸《むね》が熱くなるのはなぜだろう。そう思うだけで、うつむいてきた自分がまっすぐ前を見られるような気がするのは、なぜだろう。

ノニは旧時代《きゅうじだい》のことをもっと知りたくなった。手当たり次第《しだい》に書物をあさっていたノニは、一冊《さつ》の書物にあった写真を見て目が釘付《くぎづ》けになった。

見開き一面に、巨大《きょだい》な火の玉の写真があった。火の玉の中に、たくさんの建物が飲みこまれようとしている。火の玉が迫《せま》る建物の上に小さく見えるのは人だろうか。

あまりの恐《おそ》ろしさに、ノニは震《ふる》えた。そのまま、ユパンキ老人のところにふらふらと歩いていった。

「あ、あの……これは何?」

なにかを熱心に紙に書きこんでいたユパンキ老人は写真を見て、顔をこわばらせた。

「それは……おそらく、旧時代に発明された、最もおそろしいといわれる爆弾《ばくだん》だろう。その一発が爆《ばく》発《はっ》しただけで、都市が丸ごと火の玉に飲みこまれ、壊滅《かいめつ》したそうだ」

「……そんなものが、ほんとうに使われたんですか」

「ああ。大戦争のときに多くの都市に投下され、そのために旧時代の文明は終焉《しゅうえん》を迎《むか》えた」

ノニは、ぶるっと震えた。

「どうしてそんなことが……?」

「分からない。今のところ、大戦争に至《いた》る過程《かてい》が書かれた書物が見つかっていないのだ」

「ここにも、その爆弾は落とされたんですか?」

ユパンキ老人は首をふった。

「いや、ここには落とされていないと思うが……それよりもっと興味深《きょうみぶか》い事実がある」

ユパンキ老人は、一冊《さつ》の書物を引っぱりだした。

「見なさい。この地図を。ここに、なにか印がある」

老人の太い指が示《しめ》したところには、三つの羽《はね》が合わさったような記号があった。

「この印がある地点は、今のガルデア市と、アルカン市、それから、紛争中《ふんそうちゅう》のトンパ市だ。そしてこの記号は、あの爆弾《ばくだん》を示す記号と、とてもよく似《に》ているのだ」

「どういうことですか？」

「これは、わしの推測《すいそく》だが……旧時代《きゅうじだい》にここにあったのは、あの爆弾と同じ原理を利用した、なんらかの施設《しせつ》だったのではないか、と思うのだ」

「それが今の時代のソリド・マグマになったってことですか？」

「確《かく》たる証拠《しょうこ》があるわけではない。だが、もしそうなら、荒《あ》れ地の砂《すな》が有害なのも、説明がつく」

いっしょに聞いていたイアンが言った。

「じゃあ、旧時代を壊滅《かいめつ》させた爆弾と同じものを、ぼくらはソリド・マグマとして掘《ほ》りだし、それがもとでまた戦争が起きている、ってことか……。そのうち、またこの爆弾みたいなものが作られるかもしれないいな」

「……愚《おろ》かなことだな」

ユパンキ老人はつぶやいた。ノニは、火の玉の写真から目が離《はな》せなかった。

「分からない。自由な社会を作った人たちが、どうしてこんなおそろしいものを……」

ユパンキ老人も厳《きび》しい表情で火の玉の写真を見つめ、重々しくうなずいた。

「そうなのだ。市民のだれもが自由を認《みと》められ、自分の意見を言えたはずの旧時代《きゅうじだい》が、おそろしい爆弾《ばくだん》を作りだし、愚《おろ》かな戦争の果てに滅《ほろ》びた。市民がそれを望んだとは思えないのだ。では、何があったのか。なんで滅亡《めつぼう》する最終戦争にまで及《およ》んでしまったのか。わしも、それを知りたいのだ」

〈図書館〉を出て家に帰り、ユマばあを手伝って屑鉄《くずてつ》拾いをしている間も、ノニの頭から火の玉の写真は離れなかった。

「ノニ、なにかあったのか？　ぼんやりして」

ユマばあの声に、ノニはあわてて手元の屑鉄を箱に放りこんだ。

「ううん。何もない」

言いながら、ノニはユマばあの手を見た。皺《しわ》の奥《おく》まで真っ黒な煤《すす》で汚《よご》れたユマばあの手。体に悪いと分かっていても、旧街区《きゅうがいく》に住み続けなければならず、日々の食べ物を得るためには一日たりとも屑鉄拾いを休むわけにはいかない生活。望んでそうなったわけではないのに、旧街区暮《ぐ》らしだと揶揄《やゆ》され、差別される。

しかたがないのだと思ってきた。差別されるのも、自分たちが劣等《れっとう》だからなのだ、と思ってきた。

でも、旧時代を知ったノニは、今までのようにあきらめることなんてできなかった。

屑山《くずやま》から家にもどって、ユマばあといっしょに集めた屑鉄を分けながら、ノニは思い切ってユマばあに言ってみた。

「ユマばあ。おれさ……あきらめるの、やめようと思うんだ」

「なに？」

「今まで差別されたって、しかたがないと思ってきた。旧街区《きゆうがいく》に住んでるから。何を言われても、あきらめるしかないと思ってきた」

「……」

「でも、ちがうんだ。あきらめちゃいけないんだ。あきらめたら、おれ、ほんとうにそういう人間になっちまう。おかしいと思うことは、胸《むね》をはって、おかしいって言わなくちゃいけないんだ」

ユマばあの顔がこわばった。

「やめろ、ノニ。よけいなことはするな」

「でも……」

「やめろと言ってるんだ！　そんなことしたら……両親の二《に》の舞《ま》いになるぞ」

「え？　どういうこと？　父さんも母さんも、病気で死んだんでしょう？」

ユマばあは、部屋のすみにある棚《たな》を見た。

そこには、写真が飾《かざ》ってあった。赤ん坊《ぼう》を抱《だ》いた若《わか》い夫婦《ふうふ》がにこやかに笑っている。写真は変色し、砂埃《すなぼこり》で白っぽくなっていた。唯一《ゆいいつ》ある、ノニの両親の写真だった。

「ああ。病気で死んだ。でも、あんな仕事をしなければ、病気になることもなかった」

「あんな仕事?」

「……工場ができる前だ」

ユマばあは、重い口を開いて話しだした。

「そのころ、畑に砂《すな》が押《お》し寄《よ》せてきて、みんな困《こま》っとった。そこに、新しい仕事の話が来たんだ。この荒《あ》れ地の地下深く、どこかにあるソリド・マグマを探《さが》す仕事だった。見つかったときの報酬《ほうしゅう》は高かった。旧街区《きゅうがいく》にいた若《わか》いもんはみんな、競《きそ》ってその仕事について、ソリド・マグマのありそうな場所を掘《ほ》ったんだ。だが、次々に病気で倒《たお》れてな。おまえの父親もそうだった。それでおまえの母親……タニアは、訴《うった》えたんだ。病気はソリド・マグマのせいだって」

「……それで?」

「タニアはある日とつぜん生存保安部《せいぞんほあんぶ》に捕《つか》まって、思想矯正収容所《きょうせいしゅうようじょ》に送られた。わしは街《まち》のもんみんなに叩《たた》かれたよ。下流の普通《ふつう》市民のくせに、上に意見するなんて身の程《ほど》知らずだとか、訴えて金をとろうとしたんだとか、さんざんね。タニアが帰ってきたのは二年後だった。痩《や》せ細って見る影《かげ》もなかった。そのまま病《や》み伏《ふ》せって、消えるように死んでいった」

「……」

「ノニ。生きのびたいのなら、何も言わず、流れに逆らわず、めだたずにいるんだ。そうしなければ生きていけない」

ノニはこぶしを握《にぎ》りしめた。声が震《ふる》えた。

「そんなの……間違《まちが》ってる！　そんな風に生きるくらいなら、死んだほうがましだ！」

「ノニ！」

ノニは外に飛びだした。

荒《あ》れ地に、月が煌々《こうこう》と輝《かがや》いていた。その遥《はる》か先に見える巨大《きょだい》なシルエットは、ソリド・マグマの採《さい》掘《くつ》工場だ。工場からは、もくもくと煙《けむり》が出ていた。昼も夜も稼働《かどう》され、煙が途絶《とだ》えたことは一度《ど》もない。

ソリド・マグマのおかげで、オルテシア共和国は繁栄《はんえい》してきたのだと、学舎《がくしゃ》では教えられてきた。その採掘を可能《かのう》にしたのは、国家最高元首の力と、特別市民の知識《ちしき》と研究の成果で、そのおかげで、国は豊《ゆた》かになったのだと。だが採掘で犠牲《ぎせい》になった命のことは、だれも教えなかった。その闇《やみ》に葬《ほうむ》られた命の中に、ノニの両親もいた。

ソリド・マグマ工場のシルエットに向かって、ノニは荒れ地の砂《すな》を投げつけた。砂は風に舞《ま》い、散ってしまった。それでもノニは何度も何度も投げ続けた。

第三章　旅立ち

1

次の日、ノニは学舎《がくしゃ》でイアンを探《さが》したが、いなかった。

イアンの組の生徒に聞いてみると、そっけない答えが返ってきた。

「休んでる。入院したらしいぜ」

「えっ！　どうして？」

「さあね、知らないよ」

ノニは自分の組にもどりながら、心配でたまらなかった。

（だから、荒《あ》れ地の砂《すな》は有害だって言ったんだ！　なのにあいつ、毎日来るんだから。だいじょうぶなんだろうか。重病なんだろうか）

「ノニ・パチャク！　聞いているのか！」

ザハリの声に、ノニはドキッとして顔を上げた。いつの間にか、次の講義《こうぎ》がはじまっていたのだ。

あわてて教書に顔を突《つ》っこんだノニに、ザハリは言った。

「オルテシア共和国がシェルター開放後に大発展《だいはってん》を遂《と》げた理由を言ってみろ」

ノニは答えなかった。ザハリは蔑《さげす》むように舌《した》打ちした。

「こんなことも分からんのか。じゃあ、きみ」

当てられた学舎生《がくしゃせい》は、すらすらと答えた。

「特別市民が旧時代《きゅうじだい》の科学力と知識《ちしき》を残していたからです」

「そうだ。長いシェルター時代も、わが国は知識と科学力を特別市民が温存《おんぞん》し、次の世代に引き継《つ》ぐことに成功した。そのために、シェルター開放後、大きく発展することができたのだ。ここは試験に出すから、覚えておくように」

ザハリの声に、学舎生たちは必死でペンを走らせた。

「同じく、シェルター時代を生きのびたのが、大陸の西の、カザール自治連邦《れんぽう》だ。だが、カザール自治連邦の場合は、オルテシアとは大きく違《ちが》う。カザール自治連邦は、ほとんどが百人規模《きぼ》、多くてもせいぜい千人規模の無計画な少数シェルターの生き残りたちだ。ほとんどのシェルターは地上浄化《じょうか》までの三百年を耐《た》えられず滅《ほろ》びたが、生き残ったシェルター民が寄《よ》せ集まって作ったのが、カザール自治連邦だ。だが、そんなところが、シェルター開放後の厳《きび》しい時代を生き残れるわけがない。彼《かれ》らは、われらの知識を盗《ぬす》んだ。そして、ソリド・マグマも盗んだのだ」

ザハリは、ぱらり、と教書をめくり、別の学舎生を当てた。

「では、ソリド・マグマ採掘《さいくつ》がはじまったのは？」

「開歴七二八年です」

「よろしい。ソリド・マグマの採掘技術《ぎじゅつ》を確立《かくりつ》するには、血のにじむような努力が必要だった。だが、それに成功し、扱《あつか》いの難《むずか》しいソリド・マグマを安全に採掘できるようになった。今やソリド・マグマは国を支《ささ》える資源《しげん》となり、国家の安寧《あんねい》に寄与《きよ》している。それらはすべて、ダウリ前国家最高元首と、現在《げんざい》のゾルト国家最高元首のお力によるものだ」

そこで、ザハリは言葉を切った。ノニが、まっすぐ手をあげたのだ。ノニが自分から手をあげるなんて、今まで一度もなかった。

「なんだ、ノニ・パチャク？」

「先生。国家最高元首だけではなく、ソリド・マグマを見つけるために命を落とした人も、国に貢献《こうけん》したのではないんですか？」

「なに？」

「旧街区民《きゅうがいくみん》の多くが、ソリド・マグマの探掘《たんくつ》のために、病気になって死にました。なぜ、彼《かれ》らのことは語られず、国家最高元首だけ褒《ほ》め称《たた》えられるんですか？」

「なんだと⁉」

「そうした人々の命の犠牲《ぎせい》は、どうして歴史学の授業《じゅぎょう》ではやらないんですか？　犠牲になってもいい命だったからですか」

「ノニ・パチャク！」

ザハリは、教卓《きょうたく》を割《わ》れんばかりに叩《たた》いた。その目は怒《いか》りに燃《も》えていた。

「講義《こうぎ》が終わったら、訓戒室《くんかいしつ》に来い！　分かったな！」

他の学舎生《がくしゃせい》たちは、憐《あわ》れむような、馬鹿《ばか》にしたような目をノニに向けた。

講義が終わってザハリが足音荒《あら》く組を出ていくと、学舎生の一人が寄ってきた。

「馬鹿だな、おまえ。下手すると、矯正《きょうせい》学舎行きだぞ」

「……」

ノニは返事をせずに、黙《だま》って組を出た。

訓戒室には、すでにザハリが待っていた。

「ノニ・パチャク。訓示《くんじ》を詠《よ》むときの態度といい、今日の講義といい、おまえは元首様への尊崇《そんすう》の念が薄《うす》いようだな」

「……」

ザハリは、白い紙とペンをノニの前に置いた。

「『元首様の訓示に深く共感、感謝《かんしゃ》し、これからは礼を欠かしません』と千回書け。終わるまで、ここから出てはならん」

ノニは、目の前の白い紙を睨《にら》んで動かなかった。ザハリは吠《ほ》えた。

「書け！」

「いやです」

そう言ったとたん、いきなり横っ面《つら》を張《は》り飛《と》ばされて、ノニは倒《たお》れた。ザハリは怒鳴《どな》り散《ち》らし、無理やりノニにペンを握《にぎ》らせようとした。

「書け！　書かねば、退舎処分《たいしやしよぶん》にしてやる！」

騒《さわ》ぎを聞きつけた他の教師《きようし》があわてて入ってきて、ザハリを止めた。そのすきにノニはペンを投げつけ、学舎《がくしや》を飛びだした。

イアンに会いたかった。ノニの足は、新街区《しんがいく》に向かった。イアンが運びこまれるような大きな病院は、この街《まち》には一つしかない。

病院に来ると、ノニは見舞《みま》い客に紛《まぎ》れてこっそり入った。そして、なんとかイアンの部屋を探《さが》しあてた。

ノックもせずに入っていくと、甲高《かんだか》い声が響《ひび》いた。

「ノニ！　どうしてここに？　どうしたんだ、その顔！」

イアンは寝台《しんだい》に座《すわ》り、なにやら熱心に書きこんでいた。顔はいつもより青白く、鼻には管が入っていた。

ノニは、何も言わずに寝台の横の椅子《いす》に座りこんだ。イアンは、書いていたものを脇《わき》にやり、ノニの顔をのぞきこんだ。

「ひどい顔だ。だれにやられたんだ？」

「ザハリだ」

「だいじょうぶか？」

「ああ」

「何があった？」

「……おれ、矯正学舎《きょうせいがくしゃ》にやられるかもしれない」

イアンは驚《おどろ》いた表情《ひょうじょう》で、まじまじとノニの顔を見つめた。

「何があったんだ、ノニ？」

ノニはぽつぽつと話しはじめた。父と母のこと、ユマばあに言われたこと、ザハリの講義《こうぎ》のこと、訓戒室《くんかいしつ》を飛びだしてきたこと。

イアンは何も言わず、じっと聞いていた。ノニが黙《だま》ると、つぶやいた。

「そんなことがあったのか」

「……」

「ザハリみたいな思いこみの強いやつは、なにも聞き入れない。あいつは、きっときみに、なんらかの懲罰《ちょうばつ》をするよ」

「……分かってる。覚悟《かくご》しているよ。でも、おれは黙っていられなかった。だって……」

ノニは、イアンを見た。

「おれにも、同じ人間として意見を言う自由がある。そうだろう？」

イアンは目を丸くしてノニを見つめ、ぷっと吹《ふ》きだした。

「ノニ、きみときたら！　子どもみたいに覚えるのが早い」

「それはこっちのセリフだ」

二人はほがらかに笑った。

「いててて。笑うと痛《いた》いよ」

頬《ほお》を押《お》さえて言いながらも、ノニは笑うのをやめられなかった。

ひとしきり笑った後、イアンがぽつりと言った。

「会えてよかったよ、ノニ。もう会えないかと思ってた」

「どうして？」

「……実はぼく、もう行けないかもしれないんだ。〈図書館〉に」

えっ、とノニは驚《おどろ》いた顔をした。

「どうして？」

「親父《おやじ》にばれた。学舎《がくしゃ》をときどきさぼってたこと。〈図書館〉のことまでは知られてない。でも、ぼくは退院《たいいん》したら、学舎をやめさせられる。もう、あそこには行けないと思う」

「そんな！　父親だろう？　やめさせるなんて……」

「それが、ぼくの親父なんだ。生存保安《せいぞんほあん》部長の息子《むすこ》が虚弱体質《きょじゃくたいしつ》だなんて、親父からみたら許《ゆる》せないくらい恥《は》ずかしいことなのさ。それなのに学舎をさぼっていたなんて、親父にとっては重罪人《じゅうざいにん》も同然なんだ。それに比《くら》べてぼくの弟は、体力も成績《せいせき》も人並《ひとなみ》以上で、親父《おやじ》は弟だけを息子と思ってる。ぼくは、死んでくれたほうがいいと思ってるんだ」

イアンが、残酷《ざんこく》なことをあまりにすらすら言うので、ノニは言葉をはさむこともできなかった。

「ぼくは、小さいころから邪魔者扱《じゃまものあつか》いだった。ただ一人、家庭教師《きょうし》だけがぼくを理解《りかい》してくれた」

「おまえに、旧時代《きゅうじだい》のことを教えてくれた家庭教師か？」

「ああ。もうやめさせられたけど。ぼくが変に生意気になったのは、家庭教師のせいだと言われてね。でも、ぼくは彼《かれ》がいてくれたおかげで、なんとか今まで生きてこられたんだ」

「イアン……」

イアンは、窓《まど》から空を見た。空は、哀《かな》しいほど青かった。

「飛びたかったよ、ぼくは。空を」

「どうしてそんなことを言うんだ？　まだこれからだろう？　おれたち、いっしょに飛ぶんだろう？」

イアンは首をふり、あきらめた微笑《びしょう》を浮かべた。

「発作《ほっさ》を起こしたんだ、昨日の夜。親父と大げんかして、ぼくは死にたくなった。そうしたら息ができなくなった。今は治まっているけどね。今度発作が起きたら、ぼくの肺《はい》はだめだって。ぼくの体は、ぼくが思っていた以上にポンコツらしい。ほら、書物に書いてあっただろ？『精神的必然性《せいしんてきひつぜんせい》と身体条件《じょうけん》が適合《てきごう》したときに翼《つばさ》が生じる』って。ぼくには、もう身体条件がない」

「……」

「正直、悔《くや》しいよ。でもしかたない。ノニ。きみはあきらめちゃいけない。きみは、きっと飛べる」

「分からないよ、そんなこと。だめかもしれない。だって、翼《つばさ》がはえる方法も分からないんだ」

「……」

イアンは答えず、脇《わき》に置いた紙束と書物を取りだした。

「これをあげるよ」

書物は、鮮《あざ》やかな空の写真の表紙だった。紙束は、さっきまでイアンが書いていたものだ。

「なんだ、それ？」

「〈図書館〉で見つけたんだよ。『飛翔学《ひしょうがく》』っていう書物。飛ぶことについて書いてある」

「ええっ、ほんとうか？」

イアンはうなずいた。

「それをぼくなりに、はじめのほうだけ訳《やく》してみた」

ノニは目を丸くした。

「おまえが訳したのか？　これを？」

「ああ。ほんとうは全部訳したかったけれど、それだけしかできてない。でも、おもしろいんだぜ。旧時代《きゅうじだい》、北のピウラ山に、翼人《よくじん》たちだけで作った村があったらしいんだ。全部訳せたら、もっとよく分かるんだけど。一度行ってみたいよな、そこに」

イアンは夢《ゆめ》を見るような口調で言うと、急に顔を曇《くも》らせた。

「でも、もういいんだ。きみ、これ、持っていってくれ」

「どうして？　続きはどうするんだ？」

「ユパンキ博士に黙《だま》って、その書物を〈図書館〉から持ちだしたんだ。少しでも早く訳《やく》したくて。ほんとうはもっと訳したいけれど、もうできない。ぼくがそれを持っていたら、きっと親父《おやじ》に見つかってしまう。見つかったら、〈図書館〉のことも知られてしまう。きみが持っててくれ。書物のほうは、〈図書館〉に返しておいてくれるとありがたい」

ノニは、イアンを見つめた。

「イアン。おれたち、もう会えないってことか」

イアンは、苦しそうな笑顔を作った。

「会えるさ、きっと。きみに翼《つばさ》がはえたら、いつでも会いにきてくれる。そうだろう？」

ノニは目頭が熱くなってきた。でも泣くまいと、懸命《けんめい》にこらえた。声が変に裏返《うらがえ》った。

「ああ。絶対《ぜったい》に、会いにいく」

「そうしたら、お願いがあるんだ。ぼくを抱《かか》えて、いっしょに空を飛んでくれないか？　ぼくは一度でいい。空から地上を見てみたいんだ」

「ああ。翼がはえたらな。約束する」

「きっとだぞ」

イアンが手をさしだした。ノニは、その手をがっちりと握《にぎ》りしめた。

イアンは、ちらっと時計を見た。

「……もうすぐ医者が来る時間だ。ノニ、きみは見られないほうがいい。ほら、これを忘《わす》れないで」

ノニは書物と紙束を鞄《かばん》に入れ、立ち上がった。扉《とびら》に行きかけてふりむいた。

「イアン。約束だぞ。いっしょに飛ぶんだ。それまでは、絶対《ぜったい》死ぬなよ」

イアンは微笑《ほほえ》んだ。

「ああ。約束する」

ノニは部屋を出た。そのとたん、涙《なみだ》があふれてきた。うつむいて頬《ほお》をぬぐい、ノニは病院を出た。

鞄を肩《かた》にかける。それは、ずっしりと重かった。

ふりかえると、病院の窓《まど》に人影《ひとかげ》が見えた。人影は、見えなくなるまでずっと手を振りつづけていた。

2

帰ると、屑鉄《くずてつ》拾いに行っているはずのユマばあが、家にいた。ユマばあは、ノニを見ると不機嫌《ふきげん》そうに言った。

「ノニ。ちょっと座《すわ》れ」

「どうしたんだ、ユマばあ。屑鉄拾いに行かなくていいのか?」

「今日、おまえ、学舎《がくしゃ》を飛びだしたそうだな」

「……どうしてそれを?」

「思想指導《しどう》の教師《きようし》が来た」

「……」

「何があったんだ、ノニ？」

ノニは顔を上げ、思い切って言った。

「……ユマばあ。おれ、中等学舎《がくしや》をやめようと思う」

「……」

「もう、あそこにはいられない。なあ、おれ、学舎をやめて働くよ。懲罰金《ちようばつきん》も、それで払《はら》う。だから……」

「馬鹿《ばか》たれ！」

いきなり怒鳴《どな》りつけられて、ノニは驚《おどろ》いた。ユマばあは、歯の抜《ぬ》けた口の奥《おく》まで見せて、顔を真っ赤にして怒《おこ》っていた。

「何を言っとるんだ、ノニ！　おまえは、学舎には行かなくちゃならん！　そうしなければ、いつまでも旧街区《きゆうがいく》から抜けだすことはできんぞ！」

「ユマばあ……」

「ノニ。おまえはしっかり勉強をして、ここを出ていくんだ。あと少し我慢《がまん》すれば、中等学舎を卒舎できる。そうしたら、ここを出て働くこともできる」

「学舎を卒舎したところで、おれにどんな仕事があるというんだ！　それに、あの学舎での毎日がどんなだか、ユマばあには分からないだろ？　あの学舎《がくしゃ》は、おれを殺す場所なんだ。もう、おれはあんな場所にはいたくないんだ！」

ユマばあは息を飲んで、まくしたてるノニを見つめた。それから大きく息をつき、目をつぶった。

「そうか……分かった」

ユマばあは立ち上がり、写真の置いてある棚《たな》をずるずると動かしはじめた。

「ユマばあ、何するんだ？」

ユマばあは答えず、棚の下の床板《ゆかいた》をひっぺがしはじめた。

「ユマばあ！」

驚《おどろ》いて止めようとするノニの手をふりはらい、ユマばあは床板を一枚《いちまい》、はがしてしまった。その下の土を掘《ほ》り、ごそごそと土にまみれた壺《つぼ》を取りだした。

「ユマばあ、それは？」

ユマばあは答えず、封《ふう》をしていた泥《どろ》を割《わ》り、蓋《ふた》を開けて、中身を机の上にぶちまけた。

ノニはあっけにとられた。そこにあるのは山のような硬貨《こうか》だった。

「ユマばあ。こんな金、いったいどうしたんだ？」

「わしが結婚《けっこん》してここに来たときから、こつこつ貯《た》めてきた金さ」

ユマばあは、金を袋《ふくろ》に入れると、ノニにさしだした。

「持っていけ、ノニ」

「ユマばあ」

「わしにはこれしか、おまえにしてやれんのだ。ここにいる限《かぎ》り、おまえは逃《のが》れることはできん」

「……」

「ここを出ていけ。おまえは自分で、自分の天地を探《さが》すのだ」

「でも、ユマばあは……」

「わしのことは心配いらん。まあ、腰《こし》が悪くて、前ほど稼《かせ》げなくなったが、ひとりの食いぶちぐらいは、なんとかなる」

「おれがいなくなったらユマばあが懲罰《ちょうばつ》を受けるんじゃ？」

「こんな老人なぞに、だれがかまうものか。それに、わしはどうせ老い先短い身じゃ」

「……」

「だが、おまえはここにいてはいけない。おまえは、生きのびるんだ」

「ユマばあ……」

ユマばあは顔をそむけた。

「腹《はら》が減《へ》ったな。少し早いが、飯にしよう」

ユマばあは、チェマ粥《がゆ》を炊《た》きはじめた。いつも鍋《なべ》に半分ほどなのに、今日は鍋いっぱいに作った。とっておいたわずかばかりのトロキもくず肉も全部放りこんだ。チェマ粥は、いつになくいい匂《にお》いを漂《ただよ》わせはじめた。

「できたぞ。さあ、食おう」

ユマばあは、机《つくえ》に鍋《なべ》ごと持ってくると、ノニの器《うつわ》に盛大《せいだい》によそった。

「腹いっぱい食え、ノニ」

「……うん」

ノニは、チェマ粥《がゆ》を食べはじめた。それは肉汁《にくじゅう》と野菜のうまみの染《し》みでた、食べたことのないほどうまいチェマ粥だった。

ノニは何度もおかわりをし、その度《たび》にユマばあは器いっぱいに盛《も》った。ノニは、腹に入りきれないほど食べた。こんなに食べたことは初めてだった。最後のほうは、涙《なみだ》が混《ま》ざって味が分からなくなってしまったが……。食べている間、ノニもユマばあも、一言も口をきかなかった。

食べ終わると、ユマばあはさっさと片《かた》づけて寝袋《ねぶくろ》を広げた。

「わしは、もう寝る。おやすみ、ノニ」

「おやすみ、ユマばあ」

ユマばあは寝袋にもぐりこむと目をつぶった。ほどなくして、静かな寝息が聞こえてきた。

ノニは蝋燭《ろうそく》の火を吹《ふ》き消した。暗がりの中、砂《すな》で白くなった窓《まど》から、月の光が射《さ》しこむ。

その光にぼんやりと浮《う》かび上がる室内を、ノニは見回した。

ここでユマばあと二人、過《す》ごしてきた。無愛想なユマばあだが、その愛情《あいじょう》を、ノニはいつも肌《はだ》で感じてきた。両親がいないことは寂《さび》しかったが、ユマばあがいてくれた。

だが、もう出ていかなくてはいけない。

ノニは立ち上がった。

ユマばあを起こさないように、自分の寝袋《ぬぶくろ》をくるくると丸めた。それから、硬貨《こうか》の袋をたいせつそうに鞄《かばん》にしまった。

「ユマばあ……おれ、行くよ」

「……」

「ありがとう、ユマばあ」

ノニはユマばあに、深々と頭をさげた。それから、鞄と寝袋を持って出ていった。

歩きだそうとして、ノニは気づいた。

扉《とびら》の向こうで、うなるような声がする。

ユマばあだ。ユマばあが、嗚咽《おえつ》しているのだ。

ノニは唇《くちびる》を噛《か》んだ。

月を見た。月は涙《なみだ》で輪郭《りんかく》がぼやけていた。

ノニは歩き出した。

その姿《すがた》を、月は静かに照らしていた。

3

ノニが向かったのは〈図書館〉だった。

〈図書館〉では、寝《ね》ていたユパンキ老人が、ノニを見て驚《おどろ》いた顔をした。

「どうしたんだ、こんな時間に」

「……」

ユパンキ老人は、涙で赤くなったノニの目を見て、ぼさぼさの髪《かみ》で起き上がった。

「まあ、座《すわ》れ」

それから、持っていた水筒《すいとう》をさしだした。

「飲め。水だ」

「水？」

「ああ。その水筒は、ここにあった非常用《ひじょうよう》のものだよ。これは、どんな汚《よご》れた水でもろ過《か》してきれいにしてくれるんだよ。まあ、うまい水ではないが、飲める」

言われて飲んでみると、たしかにうまくはないが、飲める水になっていた。水が喉《のど》を流れていくのを感じて、ノニはほっと息をついた。

「なにかあったのかね？」

「……家を出てきました」

「どうして？」

「このままいたら、矯正学舎《きょうせいがくしゃ》にやられるから」

ユパンキ老人は、目を丸くしてノニを見つめ、すべてを飲みこむようにうなずいた。

「……そうか。もう決めたんだな」

ノニはうなずき、鞄《かばん》の中から空の表紙の書物を取りだした。

「でも、行く前に、これを返そうと思って」

書物を見て、ユパンキ老人は言った。

「それは、イアンくんが持ちだした書物だな」

「知っていたんですか」

「もちろん。でも、イアンくんに訳《やく》してほしくて、黙《だま》っていた」

ユパンキ老人は、書物の表紙をそっとなでて、ノニを見た。

「これをきみが持ってきたということは、イアンくんにも何かあったのか？」

ノニは、イアンのことを話した。じっと聞いていたユパンキ老人は、息をついた。

「そうか……だが、希望は捨《す》てまい。イアンくんは、体は弱いかもしれないが、彼《かれ》ほど自由な思考をする少年は見たことがない。きっと、彼も飛ぶことができる。わしは、そう信じるよ」

「……はい」

「だが……残念だな。イアンくんに、ぜひ見せたいものがあったのだ」

「見せたいもの？」

「ああ。見たいかね？」

思わせぶりなユパンキ老人に、ノニはついうなずいてしまった。

「では、こっちだ」

ユパンキ老人はランプをもって歩きだした。廊下《ろうか》に出て、階段《かいだん》で下においていく。電気灯《でんきとう》はどこかで配線が切れているらしく、下は真っ暗だった。ユパンキ老人は、下の階の廊下を進み、つきあたりの扉《とびら》を開けた。

「ここは、書物の保管庫《ほかんこ》らしい。他にも、こんな保管庫がたくさんあった」

ランプの光で照らされた部屋は、冷たい乾《かわ》いた空気で満たされていた。部屋にはぎっしりと棚《たな》が並《なら》び、書物が詰《つ》まっている。ユパンキ老人は、その奥《おく》へと向かった。

「あの、どこに……」

言いかけたノニは、口をつぐんだ。ユパンキ老人が立ち止まったのだ。ランプの光で下を照らす。その中に浮《う》かび上がったものを見て、ノニはさけび声をあげそうになった。

そこにあったのは、白骨《はっこつ》だった。ぼろぼろになった服を着ている。ユパンキ老人は目をつぶって黙《もく》とうしてから言った。

「旧時代《きゅうじだい》の人間だろう。おそらく、大戦争のときにここに逃《に》げこんで、息絶《いきた》えたのだろう」

「……見せたかったものって、これですか？」

「いや、違う」

ユパンキ老人は、白骨の横にあった紙綴《かみと》じを手にとった。

「この人物の日記だ。ここに、戦争に至《いた》る貴重《きちよう》な証言《しようげん》が書かれていたのだよ。まだ全部は目を通し切れていないが……」

ユパンキ老人は、紙綴じを繰《く》った。

「これによると、どうやら、戦争に至る過程《かてい》は、静かに長い時間をかけてはじまったようだ。そのはじまりは、人々が翼《つばさ》を捨《す》てはじめたことだったらしい」

「翼を捨てる？　どうしてそんなことを！」

「飛ぶことの孤独《こどく》と責任《せきにん》に、耐《た》えられなくなったのだよ。そうした人々は飛ぶことをやめて翼を落とし、地上に降《お》りた。その数は、次第《しだい》に増《ふ》えていったらしい」

ノニは首をふった。

「信じられない。翼《つばさ》を落とすなんて！　おれはこんなにほしくてしかたがないのに！」

「そうだな、ノニくん。だが旧時代《きゆうじだい》は、翼を重荷に感じた人たちがいたんだ。地上に降りた人々は、自分の周囲のことしか関心をもたなくなり、次第《しだい》に翼をもつ人々を嫌悪《けんお》するようになっていった」

「……」

「やがて、人々は自分たちの利益《りえき》だけを守る者を国家元首に選んだ。すると、飛翔《ひしよう》が禁止《きんし》され、翼《よく》人《じん》は軒並《のきな》み捕《と》らえられ、翼を落とされていった」

「……」

「この日記を書いた人も、元は翼人《よくじん》だったのだろう。こんな風に書いている」

ユパンキ老人は軽く咳払《せきばら》いをして、読みはじめた。

「『翼《つばさ》もつ人々は、空高くから地上を眺《なが》め、自分の利益だけを求める危《あや》うさを知っていた。だが、今、翼人はいない。人々は自分たちの見えるところしか知らず、また知ろうとしない。己《おのれ》の利益だけを求め、それを害する場合は、どんな理由があろうと排撃《はいげき》しようとする。己の利益ばかりを追求することが、他者を害する場合があることも知らずに。

とうとう、戦争がはじまってしまった。これが世界の終わりになるかもしれない』」

じっと聞いていたノニは、首をふった。

「そんな……信じられない。翼を捨《す》てるなんて」

「うむ。実はな、日記の隅《すみ》に、こんな走り書きがあったのだ」

ユパンキ老人が見せたのは、紙綴《かみと》じの裏《うら》に斜《なな》めに書かれた言葉だった。

「なんて書いてあるんです?」

「『人々が翼を落としたのは、ほんとうに自分たちの意思だったのか? それとも操作《そうさ》されたのか?』とある」

「どういうことですか?」

「はっきりとは分からん。ちゃんと全部翻訳《ほんやく》したら、分かるかもしれないが……だが、たぶんな、この日記を書いた人物は、だれかが裏で人々を操《あやつ》って、翼を重荷に感じるように仕向けたのではないか、と疑《うたが》っているのだと思う」

「操《あやつ》る？　そんなことができるんですか？」

「意外に簡単にできると思うぞ」

ユパンキ博士は、厳《きび》しい表情《ひょうじょう》になった。

「現《げん》に今も、この国は操作《そうさ》されているではないか。学舎《がくしゃ》で普通《ふつう》市民が教えこまれるのは、服従《ふくじゅう》だ。普通市民は知識《ちしき》も権利《けんり》も制限《せいげん》されているのに、それが当然だと思わされている。そして、豊かで強いというこの国を作り上げた国家最高元首と特別市民ばかり称賛《しょうさん》する。だがそれはほんとうなのか？」

ノニは、首をふった。

「お、おれ……分かりません。どうしたらいいんですか？」

「調べれば調べるほど、今、起きていることは、旧時代《きゅうじだい》で起きたことに似《に》ている。翼《つばさ》を持とうとする者は捕《と》らえられ、翼を落とされる。そして今、戦争がはじまった。われらが、愚《おろ》かな歴史を繰《く》り返さないためには、今こそ、真の翼が必要なときなのかもしれん」

ユパンキ老人は、ノニの目をのぞきこんだ。

「ノニくん。きみは今でも、翼がほしいのか？」

「もちろんです！」

ユパンキ老人は微笑《ほほえ》んだ。

「きみのような若者《わかもの》がいてくれることに、わしは救いを感じるよ」

そう言いながら、ユパンキ老人はポケットから一枚《いちまい》の紙を取りだした。

「これを、きみにあげよう」

「これは?」

「詩だよ。おそらく、旧時代《きゅうじだい》の翼人《よくじん》の書いたものだろう。きみにあげようと思って、書き写しておいたんだ。後でゆっくり見るといい」

ユパンキ老人は紙を折りたたむと、ノニの手に握《にぎ》らせた。

「そうだ。それから、あの食べ物もあげよう。腹《はら》が減《へ》っては、なにもできんからな」

老人とノニは、もといた部屋にもどった。ユパンキ老人は、袋《ふくろ》の中からたくさんの銀色の包みと、水筒《すいとう》を取りだした。

「水筒もあると便利だろう。持っていけ」

それから、ユパンキ老人はノニの手をぎゅっと握りしめた。

「もう会えないかもしれないが……わしは、いつでもここにいるから」

「ユパンキ……博士。ありがとうございました。どうぞ、お元気で」

ユパンキ老人は、目を丸くした。

「きみが、博士と呼《よ》んでくれたのは、初めてだな」

「……」

「きみも、元気でな。イアンくんにも会えることがあったら、よろしく言ってくれ」

「はい」

ノニは頭を下げ、銀色の包みでぱんぱんにふくらんだ鞄《かばん》を背負《せお》って、〈図書館〉から出ていった。

東の空からは、太陽が顔を出しはじめていた。ノニはマスクをかぶり、荒《あ》れ地の道を歩きながら、ユパンキ老人が言ったことを考えていた。

（学舎《がくしゃ》で教えられたことは、どこまでがほんとうなんだ？　おれも操作《そうさ》されてきたのか？）

荒れ地の風が吹《ふ》きつけてきた。マスクの口元を押《お》さえたノニは、気がついた。風の中に、聞きなれぬ音がする。

道の遥《はる》か向こうを見ると、砂埃《すなぼこり》が舞《ま》っているのが見えた。なにかがやってくるのだ。

（こんな時間に？）

ノニはとっさに辺りを見回し、岩を見つけてそこに身をひそめた。

砂埃は近づいてくる。やってきた一団《いちだん》を見て、ノニは冷《ひ》や汗《あせ》が出てきた。

武装車《ぶそうしゃ》に乗り、銃《じゅう》をもった一団だ。生存保安部《せいぞんほあんぶ》の部隊だった。ノニは息を殺し、身を固くしていた。

保安部隊はノニには気づかずに通り過《す》ぎていった。ほっとして見送ったノニは、急にいやな予感がした。

（どこに行くんだ？）

向こうで、保安部隊の車が止まるのが見えた。訓練された兵士たちが、わらわらと車から降《お》りて駆《か》けて行く。それは、〈図書館〉のあるほうだった。

銃声《じゅうせい》が響《ひび》いた。キーキーという鳴き声がして、空にスナコウモリが散っていった。大声が聞こえ、やがてだれかが捕《と》らえられ、ひきずられてくるのが見えた。

（ユパンキ博士！）

老人のさけぶ声が聞こえた。

「やめろ！　あれだけは燃《も》やさないでくれ！　貴重《きちょう》な資料《しりょう》なんだ。千年前の資料なんだぞ！」

すると、兵士たちを率《ひき》いてきた男の、奇妙《きみょう》に甲高《かんだか》い声が聞こえた。

「ユパンキ・カザルス。脱走《だっそう》の罪《つみ》で逮捕《たいほ》する」

「……」

〈図書館〉から一人の兵士が走ってきた。兵士はなにか、男に耳打ちした。男は怒《おこ》ったように怒鳴《どな》った。

「もっとよく探《さが》せ！　ここにイアンがいるはずだ」

（えっ）

ノニは、思わず岩から出ていきそうになった。

（イアン？　ってことは、あれがイアンの父親か？　イアンを探しているってことは、あいつ、病院から逃《に》げたのか？）

兵士が再《ふたた》び来て報告《ほうこく》すると、男の声はさらに甲高くなった。

「くそっ、あいつめ。どこまで恥《はじ》をかかせるつもりだ！　見つけたら、思想矯正収容所《きょうせいしゅうようじょ》に送ってやる！」

それから、兵士に乱暴《らんぼう》に言いつけた。

「ここは燃《も》やせ！　すべて燃やし尽《つ》くすんだ！」

「やめろ！　やめてくれ！　燃やすな！　これは、全人類の財産《ざいさん》なんだぞ！」

ユパンキ老人の声だった。側にいた兵士が、思いっきり老人を殴《なぐ》りつけた。老人はぐったりして、武装車《ぶそうしゃ》に放りこまれた。

やがて、荒《あ》れ地に黒い煙《けむり》がたちのぼりはじめた。ねぐらをなくしたスナコウモリたちは、キーキーと空を舞《ま》いつづけている。兵士たちと男は車に乗りこんだ。砂埃《すなぼこり》をたてて回れ右をすると、来た道をもどっていく。ノニは岩陰《いわかげ》に身をひそめたまま、どうすることもできなかった。

砂埃が遠ざかっていく。黒い煙はますます色を濃《こ》くして、空を焦《こ》がしていく。

（イアン！　ユパンキ博士！　ああ！）

ノニは岩陰で、ただただ震《ふる》えていることしかできなかった。

〈図書館〉は、もうもうと黒煙《こくえん》をあげていた。千年の時を耐《た》えて奇跡《きせき》のように保存《ほぞん》されていた貴重《きちょう》な書物の数々は、今、灰《はい》になろうとしている。

ノニは、ぎゅっと手を握《にぎ》りしめた。そのとき、紙片《しへん》を握っていたことに気づいた。ユパンキ老人からもらったものだ。

ノニは、汗《あせ》で湿《しめ》った紙を開いた。

そこに、ユパンキ老人の文字で詩が書いてあった。

飛ぶことを欲《ほっ》したとき、
きみはすでに翼《つばさ》をもっているのだ。
あとはそれを広げるだけでいい。
己《おのれ》を信じ、翼を信じよ。
きみが心から望んだとき、翼は現《あらわ》れる。
おそれるな！
空を飛べ。
世界はきみのものになる。

紙片《しへん》を持つ手が震《ふる》えた。
胸《むね》の奥《おく》から、熱いものが突《つ》き上げてきた。
父から存在《そんざい》を許《ゆる》されないイアン。
捕《つか》まったユパンキ老人。
見捨《みす》てられるように死んだ父と母。
貧《まず》しさと差別にあえぎながら生きるユマばあ。

ひとりひとりの顔が浮《う》かんだ。

ノニは、唇《くちびる》をぎゅっと結び、顔を上げた。

頭上には青い空。

(飛ぶ。今こそ)

一つの思いが生まれた。それは、ノニの中で確信《かくしん》に変わった。

背中《せなか》がむずむずしはじめた。それは激《はげ》しいかゆみになり、痛《いた》みになった。心の奥底にあったものが、形を得て、背中《せなか》から爆発《ばくはつ》しそうになっている。

バリッと音がして、痛みは心地《ここち》よさに変わった。長い間、体の中に閉《と》じこめられていたものが、今やっと解放《かいほう》されて自由に伸《の》びはじめた、そんな感覚だった。

背中を見たノニは、目を見張《みは》った。

服を突《つ》き破《やぶ》り、自分の背からはえていたのは、透明《とうめい》な羽《はね》に覆《おお》われた翼《つばさ》だった。

ノニは、手を伸ばして翼に触《ふ》れてみた。すべすべで、ひんやりと冷たい。背中に意識《いしき》を集中して動かしてみる。すると、ファサッと翼が動いた。そのまま動かしつづけてみる。すると、ファサッファサッと風が起こり、次第《しだい》に速くなってきた。やがてノニの意識に関係なく、翼は意思を持ったかのように動きだし、激《はげ》しい砂埃《すなぼこり》を舞《ま》い上げた。

ふわっと、体が浮《う》き上がった。ノニの体は空中に浮き、どんどん高く昇《のぼ》っていく。

もう、ノニは驚《おどろ》かなかった。舞い上がったとたん、自分は飛ぶのが当然だという気がした。今まで飛ばなかったのが不思議なくらいだ。

ノニは、どこまでも昇《のぼ》っていった。やがて、空の高みまでくると、ゆったりと翼《つばさ》を動かしながら空中で静止した。

足下《あしもと》に広がるのは、茶色く広がる荒《あ》れ地だった。そこを突《つ》き抜《ぬ》ける道の向こうに、新街区《しんがいく》の建物が建ち並《なら》び、ソリド・マグマの採掘《さいくつ》工場が見えた。

急に、ノニは恐くなった。

空に、道はなかった。どこに行けばいいのかもわからない。

（イアン……おまえは、どこにいるんだ？）

病院から逃《に》げたイアンは、今ごろ、どこでどうしているのだろう？　ノニは、すぐにでもイアンのもとに駆《か》けつけたかった。だが、途方《とほう》に暮《く》れて浮《う》かんでいることしかできなかった。

ふいに、ノニは思い出した。病院で、イアンが翼人《よくじん》の村のことを話していたこと。

（あいつ、もしかして、そこに行こうとしているのかもしれない）

ノニは、北の空を見た。はるか遠くに、山並《やまな》みが見える。トンパニ山脈だ。その中でもひときわ高く、美しい白い姿《すがた》を見せているのが、ピウラ山だ。

（イアン。おれも行く）

ノニは、翼を翻《ひるがえ》した。ふわっと風に乗って、北へと飛びはじめた。

ノニの後ろで、〈図書館〉からわき上がる黒煙《こくえん》は、空を覆《おお》いはじめていた。

第四章　空の孤独《こどく》

1

ノニは飛んだ。

北をめざして。

最初は不格好《ぶかっこう》に落ちかけたりもしたが、少しすれば慣《な》れて、翼《つばさ》をゆったり動かすだけで、おもしろいように飛ぶことができた。

空高くから見ると、地上の風景はおもちゃのようだった。建物はどれも手に乗せられるほど小さく見えた。それより小さく動いているのは人だろうか。ノニの姿《すがた》は鳥にでも見えるのか、地上の人はだれも気づかない。ノニは優越感《ゆうえつかん》を覚えた。

だがしばらく飛ぶうちに、ノニの胸《むね》に疑問《ぎもん》が浮《う》かんできた。

地上に多く見えるのは、荒《あ》れ果《は》てた無人の農園だった。ところどころ、ぽつぽつと家があり、その周りだけ細々とオムイモの畑が作られているが、ほとんど手つかずの荒れ放題になっている。

学舎《がくしゃ》では、ガルデア市の北部には、豊《ゆた》かな穀倉《こくそう》地帯が広がっていると教わっていた。かつての荒《あ》れ地を、ゾルト国家最高元首の指導《しどう》で地質《ちしつ》改良し、麦の穂揺《ほゆ》れる大地に変えたはずだった。

（どういうことだ？　全然違う）

ノニはためしに、農園の一つに降《お》り立ってみた。そこは、枯《か》れ倒《たお》れた麦が地面を覆《おお》い、一画を占《し》めているトウモロコシ畑も、すべて立ち枯れていた。ノニが歩くと、倒れた苗《なえ》の枯れた葉がばりばりと音をたてて砕《くだ》けた。

土を握《にぎ》ると、水気を失った土はたちまち宙《ちゅう》を舞《ま》った。

（こんな土じゃ、何も育たない。どうしてこんなことになったんだろう）

ノニは飛び立った。あちらの農園も、こちらの農園も、似《に》た様子だった。

ふいに、地上で声がした。畑にいた男が、ノニを見て指さし、なにかさけんでいる。

（しまった。見つかった）

ノニはあわてて高度を上げ、向きを変えた。

森陰《もりかげ》に隠《かく》れるように飛び、農園の脇《わき》に建っていた崩《くず》れかけた家を見つけて、舞い下りた。

そこは、だれも住んでおらず、空き家になっているようだった。ノニは窓《まど》を壊《こわ》して中に入った。

家の中には、りっぱな家財《かざい》道具があったが、すべて埃《ほこり》をかぶり、蜘蛛《くも》が巣を張《は》っていた。

しばらく外の様子をうかがっていたが、ノニがここにいることは気づかれていないようだ。ノニはほっとして、布張《ぬのば》りの長椅子《ながいす》の埃を払《はら》い、そこに座《すわ》った。そのとたん、どっと疲《つか》れが襲《おそ》ってきた。

目をつぶる。

黒煙《こくえん》をあげる〈図書館〉。捕《と》らえられたユパンキ老人。そして、翼《つばさ》のはえた自分。なんとめまぐるしく様々なことが起きたのだろう。

ノニは改めて、背中《せなか》を見た。そこにあるのは、透明《とうめい》に輝《かがや》く翼だった。背中の筋肉《きんにく》が、ひきつれたように痛《いた》い。いきなり飛んだので、かなり無理がきているようだ。

（ほんとうに、翼がはえて、おれは飛んだんだ……）

夢《ゆめ》を見ているような気がした。だが、夢ではない証拠《しょうこ》に、ノニの腹《はら》はぐうぐう鳴っていた。

ノニは鞄《かばん》を開け、ユパンキ老人からもらった銀色の包みを出した。バリッと破《やぶ》り、中の黒い塊《かたまり》を取りだす。一口かじると、濃《こ》い甘《あま》さがみるみる腹をふくらませていくのがわかった。一個《こ》だけでおなかがいっぱいになったノニは、水筒《すいとう》の水を飲んだ。

（昼、飛ぶと見つかる。夜、飛ぶことにしよう）

夜まで、まだ少し時間がある。ノニは鞄の中から紙束を取りだした。イアンが訳《やく》してくれた『飛《ひ》翔学《しょうがく》』だ。イアンの整ったきれいな文字を、ノニは指の腹でなでた。それから、ゆっくりと読みはじめた。

『飛翔することは、孤独《こどく》との闘《たたか》いでもある。独《ひと》りで飛ぶ覚悟《かくご》のない者は、飛翔に耐《た》えることができない。』

『飛翔する者は、心して冷静な目で物事を見るべし。空から見た景色は、地上の景色とは違《ちが》う。空の視点《してん》から真実を見出し、地上に伝えるべし。』

『飛翔術《ひしょうじゅつ》を習得すればするほど、謙虚《けんきょ》であることを心すべし。飛翔に酔《よ》うべからず。常《つね》に己《おのれ》にとっての飛翔の意味を問うべし。さすれば、無限《むげん》速度を会得《えとく》せん。』

何が書いてあるのか、ノニにはちんぷんかんぷんだった。だが、最後の言葉は妙《みょう》にひっかかった。

（なんだ、無限速度って？）

ノニは紙束を繰《く》った。だが、無限速度という飛翔術の説明は書いてなかった。

ふう、と息をついて、ノニは紙束を膝《ひざ》の上に置いた。疲《つか》れで、体に重石《おもし》が入っているようだ。長椅子《ながいす》の背《せ》にもたれかかり、目をつぶった。

（イアン。今ごろ、どうしているんだ？）

最後に会ったときの、イアンの青白い顔が思い出された。あきらめたような微笑《ほほえ》み。あんな悲しい顔はなかった。

（イアン。おれ、翼《つばさ》がはえたんだ。空を飛んでるんだ。約束は必ず果たす。だから、どこかで生きててくれ）

イアンの顔が見えた。笑っている。よく見ると、イアンの横にはユパンキ老人がいる。二人はにこにこ笑いながら、空に昇っていく。二人の背には、翼がはえている。

「イアン！　博士！」

ノニは翼を広げ、追いかけようとした。だが体は地面に鎖《くさり》でつながれたように動かない。自分の背を見たノニは、ぞっとした。そこに、翼《つばさ》はなかった。

「イアン！　待って！　イアン！」

自分の声に、ノニははっと目を覚ました。あわてて背《せ》を見る。そこに翼はあった。

「夢《ゆめ》か……」

破《やぶ》れた窓《まど》から、ひんやりした風が入っていた。ノニは、汗《あせ》ぐっしょりになっていた。立ち上がり、水筒《すいとう》の水を飲む。窓の外を見ると、宵闇《よいやみ》が迫り、丸い月が浮《う》かんでいた。

夜だ。

飛び立つ時間だ。

ノニは鞄《かばん》に紙束をしまい、肩《かた》にかけた。

扉《とびら》を開けて外に出る。

月の光を浴びて、ノニの翼は銀色に光った。ノニは翼を広げた。羽《はね》の一枚《いちまい》一枚に冷たい空気が流れていく。羽が震《ふる》える。とても気持ちいい。

ファサッ。

羽を揺《ゆ》らした。それを合図のように、ノニの翼は別の生き物になったように動き出した。ファサッファサッと、動く度《たび》に体が軽くなり、足が地面から離《はな》れて浮《う》いていく。ノニは翼にまかせて、ゆっくり上空に昇《のぼ》っていった。

月が目の前にきた。ノニはその光に背《せ》を向けて飛びはじめた。北へ。その姿《すがた》を地上で見る者はいなかった。

2

ノニは飛びつづけた。

太陽が昇《のぼ》ると地上に降《お》りて隠《かく》れて休み、太陽が沈《しず》むと再《ふた》び空へ舞《ま》い上がる。その繰《く》り返しだった。

農村地帯を抜《ぬ》け、街《まち》をいくつか通り過《す》ぎた。そこでノニが目にしたのは、光の消えた死んだような街だった。ガルデア市は、夜でも工場の光が空を照らし、街灯《がいとう》が消えることはない。だが、ノニが上空を通り過ぎていった街は、どこも静まりかえっていた。人が住んでいないのかと思ったが、家からは小さな灯《ひ》がもれている。住人はいるようだ。

(こんな街ばかりなのか)

学舎《がくしゃ》では、オルテシア共和国の繁栄《はんえい》ばかりを聞かされていた。どの街も、最新式の街区へと変貌《へんぼう》を遂《と》げ、街には車が走り回り、人々は活気に満ちた生活をしている、と教えられていた。だが、ノニが飛んだところでは、そんな街は一つもなかった。

(どういうことなんだろう。いったいこの国で、何が起きているんだろう)

今、目の前で、荒《あ》れ果《は》てた農園や死んだような街を見ると、ノニの胸《むね》の疑問《ぎもん》はどんどんふくらんでいった。

(オルテシア共和国は、豊かではなかったのか？　それなら、ソリド・マグマでもたらされた繁栄《はんえい》と

富《とみ》というのは、どこに行ってしまったんだろう）

ぼんやり飛んでいたノニは、ふいに風にあおられてひっくり返った。

強い東風だ。土埃《つちぼこり》を含《ふく》んで、まるで茶色い帯のようになっている。その中に、ノニは突《つ》っこんでしまったのだ。ノニは咳《せき》こみながら、茶色い風の帯から脱出《だっしゅつ》しようとした。しかし、風は強く、ノニはくるくるともてあそばれた。

ノニは知らなかった。この風は、大陸にこの時季吹《ふ》き渡《わた》る季節風だということを。この風の帯から逃《のが》れるためには、上空高くまで飛ばねばならなかったが、ノニにそんな知識《ちしき》はなかった。

ノニは、懸命《けんめい》に北へ進路をとろうとした。しかし、どんどん西へ流されてしまう。目印にしていた〈北の不動星〉が、進路からずれていく。羽《は》ばたいても羽ばたいても、前に進まない。

（くそっ）

背中《せなか》がひきつれるように痛《いた》くなって、翼《つばさ》が動かなくなってきた。ノニは北へ進むことをあきらめ、とりあえず降下《こうか》しようとした。だが、風はそれすら許《ゆる》してくれなかった。

ノニは風にもみくちゃにされながら、河《かわ》の向こうへ流されていった。そこでいきなり風が消えた。そのときにはノニは力を使い果たしていた。

ノニは、翼が折れた鳥のように、一直線に落ちていった。そのまま落ちたら、地面に激突《げきとつ》して命はなかっただろう。ノニは、納屋《なや》の藁《わら》ぶきの屋根に大穴《おおあな》を開け、牛たちのために積み上げられた干《ほ》し草の山に墜落《ついらく》した。

大きな音に驚《おどろ》いた住人たちが駆けつけたときには、ノニは干《ほ》し草に埋《う》もれて意識《いしき》を失っていた。おかげで、住人たちがノニを家に運ぶのにどれだけ苦労したかは、全く知らなかった。

ノニが目を覚ましたのは、翌朝《よくあさ》だった。おいしそうな匂《にお》いに鼻をくすぐられ、ノニは目を開けた。

そのとたん、大きな緑色の瞳《ひとみ》をくるくるさせた小さな女の子の顔が、目に飛びこんできた。

女の子は、ノニが目を開けたのにびっくりして泣きだした。あわてて飛んできた女の人に抱《だ》きかかえられて、部屋を出ていった。

ノニは、辺りを見回した。

ノニがいるのは、真っ白で清潔《せいけつ》なシーツの寝台《しんだい》だった。こんなふかふかのふとんは、経験《けいけん》したことがなかった。窓《まど》にはきれいな色の布《ぬの》がかけられ、まぶしい光を遮《さえぎ》っている。床《ゆか》には幾何学模様《きかがくもよう》の絨《じゅう》毯《たん》が敷《し》かれ、部屋の隅々《すみずみ》まで掃除《そうじ》が行き届《とど》いて、埃《ほこり》一つ落ちていなかった。

（ここは、どこだろう?）

声がした。扉《とびら》の向こうから、大柄《おおがら》な農夫らしい男がやってきた。男のしゃべる言葉は、ノニの知らないものだった。男は、ノニに言葉が通じないと見て、言語を変えた。

「気がついてよかった。おまえ、落ちてきた。死んだかと思った」

片言《かたこと》のオルテシア語だ。

「あの……助けてくれてありがとう」

言いながら体を起こそうとしたノニは、顔をしかめた。足に鋭《するど》い痛《いた》みが走ったのだ。

「まだ起きるの、だめ。足、ねんざ。しばらく寝《ね》てる」

男は、シーツをめくって足を見せた。ノニの右足には、ぐるぐると白い包帯が巻《ま》いてあった。

「おまえ、名前は？」

「ノニ・パチャク。……あなたの名前は？」

「マルカ・ロスター」

「ここは、どこですか？」

「アーボン自治領《じちりょう》のスミルナ村だ」

「アーボン自治領？」

「カザール自治連邦《れんぽう》の東の自治領だ」

「カザール自治連邦！」

ノニの記憶《きおく》が蘇《よみがえ》ってきた。風にもみくちゃにされながら、国境線《こっきょうせん》の河《かわ》を越《こ》えてしまったのだ。

「おまえ、オルテシアの人間か？」

ノニはうなずいた。マルカは、ノニの背中《せなか》をじろじろ見た。

「オルテシアにも、翼人《よくじん》いるのか？」

ノニは、なんと答えていいか分からなくて、黙っていた。マルカは気にする様子もなく、続けた。

「カザール自治連邦《れんぽう》にもいる。彼《かれ》らは、トルポイ自治領《じちりょう》に多くいる」

「えっ？　ここでは、翼人《よくじん》は捕《つか》まらないんですか？」

「捕まる？　なぜ？」

「だって、翼《つばさ》は、その……邪悪《じゃあく》なものだと」

「翼人は、この国では尊敬《そんけい》されている。カザール自治連邦政府内《せいふない》にも、翼人はいる」

ノニは驚《おどろ》きを隠《かく》せなかった。そんなノニを、マルカは興味深《きょうみぶか》そうに見つめた。

「オルテシアでは、捕まるのか？」

ノニはうなずいた。

「だから、国境《こっきょう》を越《こ》えたのか？」

「いえ……風に流されたんです」

そのとき、扉《とびら》のほうで声がした。女の人がお盆《ぼん》を持ってやってきたのだ。お盆の上には、スープとパン、ソースのかかった肉だんごとみずみずしいサラダがのっていた。ノニはごくりと唾《つば》を飲み、お盆の上から目を離《はな》すことができなくなった。

「妻《つま》のステナだ」

ステナが寝台《しんだい》に卓《たく》を用意し、お盆を置いた。ノニはまるでお盆に飛びかかるように、がつがつと食べはじめた。あまりの勢《いきお》いに、ステナは目を丸くしてなにか言った。マルカがうなずき、たずねた。

「おなか、すいてたか」

ノニは、顔を赤くした。

「こんな豪華《ごうか》な食事は初めてで……」

「豪華？　これは普通だよ」

「えっ」

ノニはまた驚《おどろ》いた。カザール自治連邦《れんぽう》の民《たみ》は、貧《まず》しさにあえいでいる。学舎《がくしゃ》ではそう教えられてきた。でも、こんな食事が普通《ふつう》だなんて！

なめるようにきれいになった皿を、ステナがさげていった。扉《とびら》の向こうでは、女の子が興味深《きょうみぶか》そうにノニを見ている。マルカが呼《よ》んだ。

「リアン、おいで」

リアンと呼ばれた女の子は、父親のもとに駆《か》けてきて、その後ろに隠《かく》れた。マルカは笑った。

「うちの一人娘《ひとりむすめ》だ。リアン、ごあいさつは？」

リアンは、マルカの後ろから顔をのぞかせた。

「……ハセ・ナヨルト」

「カザール語で、こんにちは、って意味だ」

ノニは、なるべく優《やさ》しい顔を作って真似《まね》をした。

「ハセ・ナヨルト」

リアンは、大きな目をさらに大きくして、ノニを見つめている。くるくるとした巻《ま》き毛が愛らしい。

向こうでステナがリアンを呼《よ》ぶ声がした。リアンは返事をして駆《か》けていった。

「ノニ、少し、眠《ねむ》んなさい。けが、早くよくなる」

マルカに言われるままに、ノニは横になった。おいしい食事に温かいふとん。まるで夢《ゆめ》のようだった。敵国《てきこく》にもかかわらず、ノニは寛《くつろ》いだ気持ちになった。そのまま、眠りの中に引きこまれていった。

足がよくなるまで、二週間かかった。その間マルカは、敵国民であるはずのノニを手厚《てあつ》く看病《かんびょう》してくれた。

ノニはまもなく知った。マルカの家は決して特別なわけでも裕福《ゆうふく》なわけでもなく、普通《ふつう》の暮《く》らしをする市民であること。そこには、学舎《がくしゃ》で教わったような、〈虐《しいた》げられたカザール自治連邦《れんぽう》の民〉の姿《すがた》はなかった。

マルカはなんでもよく知っていた。簡単《かんたん》な医術《いじゅつ》の心得もあるらしいことに、ノニは驚《おどろ》いた。オルテシアでは、普通の農民が特別市民のみに許《ゆる》された医療知識《いりょうちしき》を持つなど、ありえなかった。

マルカの適切《てきせつ》な治療《ちりょう》のおかげで、ノニはめきめきと回復《かいふく》していった。少し動けるようになると、ノニは寝台《しんだい》を離《はな》れて手伝うようになった。収穫《しゅうかく》したオムイモを洗《あら》ったり、高い屋根に飛んで上がって、屋根の穴《あな》を修理《しゅうり》したりもした。マルカもステナもとても喜び、リアンは妹のようになついて、いつもノニにくっついて歩いた。ときどき、ノニはリアンを抱《だ》っこして、低く飛んであげた。するとリアンは大喜びで、もっともっととねだるのだ。

「頼《たよ》りになる息子《むすこ》がひとりできたみたいだな」

マルカは笑って言った。

それは、敵国《てきこく》にいるとは思えない、穏《おだ》やかな日々だった。

ステナのおいしい手料理。ステナは、まるで母親のようになにからなにまで世話を焼いてくれた。破《やぶ》れた服もきれいに繕《つくろ》って、翼《つばさ》が出る穴《あな》まで作ってくれた。それから、マルカの古着だと言って、温かそうな上着もノニに合わせて直してくれた。

リアンは、ノニが食卓《しょくたく》に座《すわ》ると、必ず膝《ひざ》に乗ってくる。そのやわらかい温かさを感じると、ノニの胸《むね》に、今まで感じたことのない愛《いと》おしさがわき上がってくるのだ。

夜は暖炉《だんろ》の火の前で、マルカといっしょに農機具の手入れをした。それをしながら、マルカはいろいろなことを話してくれた。

カザール自治連邦《れんぽう》で、翼人《よくじん》が尊敬《そんけい》されている理由も、そのとき知った。

「翼人、いなければ、今のカザールはなかった」

マルカは言った。

「長いシェルター時代、小さなシェルター、次々につぶれていった。翼人、連絡係《れんらくがかり》になって、シェルター同士、つないだ。まだ浄化前《じょうかまえ》の話。たくさんの翼人、汚染《おせん》にやられて死んだ。でも、彼《かれ》らがつないだから、たくさんのシェルター、救われた。シェルター同士でつながって、助けあって、生きのびた。シェルター開放後、シェルターごとに自治領《じちりょう》できた。でも、つながっていたから、カザール自治連邦《れんぽう》ができた。だから、翼人はこの国の恩人《おんじん》」

ノニには、初めて聞く話ばかりだった。

今、起きている戦争のことも、学舎《がくしゃ》で教えられたのとは全く違うことを、マルカは話してくれた。

「ソリド・マグマ、最初に発見して、採掘《さいくつ》したの、カザール自治連邦。オルテシア、違う」

「えっ！　最初に採掘したのはオルテシアで、カザール自治連邦が盗《ぬす》んだんじゃ……」

「オルテシア、科学力を誇《ほこ》りにしている。だから、カザールに先越《こ》されたと、言えない」

「……」

「戦争も、オルテシア起こした。カザール自治連邦のソリド・マグマ、ほしいから」

「……」

ノニは混乱《こんらん》した。学舎で教えられたオルテシアの誇りや正義《せいぎ》が、次々と崩《くず》れていく。学舎は嫌《きら》いだったが、知識《ちしき》と科学力で大陸の覇権《はけん》を握《にぎ》ったオルテシア共和国には誇りを感じていた。だから戦争に疑問《ぎもん》も感じなかった。

「そんな……うそだ。それじゃあ、オルテシアの正義の戦いは……」

「うそじゃない。事実だ。オルテシア国民に事実は言えない。だから、うそ、教えている」

「……」

黙《だま》りこんでしまったノニに、マルカはつぶやいた。

「ソリド・マグマ、大きなエネルギー生む。でも、とても危険《きけん》。掘《ほ》る人、病気になってる。カザールのあちこちで、反対運動、起きてる。ソリド・マグマ、なくたって、幸せに暮らせる。だから、アーボン自治領《じちりょう》は、ソリド・マグマは使ってない。この戦争も、アーボン自治領は反対している」

「そんなことしていいんですか？　連邦元首《れんぽう》に逆《さか》らうなんて……」

「カザール自治連邦では、自治領の自由、認《みと》められている。でも、それが争いの元になって、自治領同士の紛争《ふんそう》が起こることもある。戦争に賛成《さんせい》の自治領も、もちろんある。彼《かれ》らは、我々《われわれ》を弱虫と言う。それでもかまわない。戦争、虚《むな》しい。どちらの兵士も、家族いる。みんな、悲しんでいる」

マルカは、ノニを心配そうに見つめた。

「ノニ……オルテシアに、もどるのか？」

「……分かりません」

「もどったら、翼人捕《よくじんつか》まる。そうだろう？」

「……」

「よかったら……ずっとここ、いるといい。リアンもなついてる。わしらも、うれしい」

「……」

「まだ時間ある。よく考える。いいね？」

ノニはうなずいた。

だが、ゆっくり考える時間はあまりなかった。

次の日、ノニがオムイモの収穫《しゅうかく》を手伝っていると、車が止まった。中から出てきたのは、銃《じゅう》を持った深緑色の制服《せいふく》の男たちだった。マルカはノニに隠《かく》れているように言うと、行って男たちとなにか話をはじめた。男たちは、厳《きび》しい口調でなにか言っている。どうやら、ノニのことを話しているようだった。マルカは穏《おだ》やかな口調でそれに答え、男たちと長く話をしていた。やがて、男たちはマルカになにかを渡《わた》すと、車に乗って帰っていった。

マルカは、男たちを見送ると、家にもどってステナとなにか話し、それからまた畑にもどってきて作業をはじめた。

ノニは我慢《がまん》できず、たずねた。

「あの、今の人たちは……」

「ああ、自治領《じちりよう》の役人と、自治兵。おまえのこと、聞きにきた」

ノニは、背筋《せすじ》が冷たくなる気がした。

「あの……おれは捕《つか》まるんですか？」

「いや。いろいろ聞かれたが、おまえのこと、逃亡民《とうぼうみん》だと言っておいた」

「逃亡民？」

「オルテシア共和国から逃《に》げてきた人間。『逃亡民』と言ってる。おまえ、翼《つばさ》あるから、役人、納得《なつとく》した」

「……」

「逃亡民と認定《にんてい》されれば、だいじょうぶ。自治連邦政府《れんぽうせいふ》が保護《ほご》して、助けてくれる。安心しろ」

安心しろと言われても、ノニは落ち着くことができなかった。

その夜、マルカは一枚《いちまい》の紙を持ってきた。そこには、ノニの知らない文字でなにかが書いてあった。

「これ、逃亡民証明《とうぼうみんしょうめい》の書類。おまえ、ここに名前を書く。そうしたら、逃亡民認定《にんてい》、受けられる」

「そうなったら、どうなるんですか？　おれ、ずっとここにいられるんですか？」

「いや、逃亡民の収容施設《しゅうようしせつ》に行くことになる」

マルカは、ノニの手を握《にぎ》った。

「安心していい。そこで言葉を習って、仕事、教わる。こっちで生きていけるようになる。おまえ、翼《つばさ》あるから、きっといい仕事つける。こっちで暮《く》らすつもりなら、わし、保証人《ほしょうにん》になる。もちろん、うちにもどってきてくれてもいい。いや、もどってきてほしい」

ノニは胸《むね》が熱くなって、声が詰《つ》まった。

「どうして……どうして、そんなに優《やさ》しくしてくれるんですか？　おれは、敵国《てきこく》の人間なのに」

「国がどこかより、おまえが大事。おまえ、いい人間。わし、おまえ、信じてる」

ノニは返事をすることができなかった。涙《なみだ》をこらえてうつむくノニの前に、ステナが熱いお茶を持ってきてくれた。

「ありがとう、マルカ。おれも、ずっとここにいたい。マルカを手伝いたい。助けてもらったお礼もしたい。でも……やっぱり、オルテシアにもどります。あっちで、会うと約束した人がいるんです」

「でも、もどったら、おまえ、危《あぶ》ない。捕《つか》まる。そうだろう？」

「どうしても、もどらなくちゃならないんだ、マルカ。おれ、約束したんだ」

マルカは、じっとノニを見つめ、うなずいた。

「そうか……。残念。でもしかたない」

マルカは、強くノニの手を握《にぎ》った。

「でも、危《あぶ》なくなったら、いつでももどってくる。分かった？　おまえ、わしの家族」

「マルカ……ありがとう」

ノニもマルカの手を握り返した。こらえきれず、涙《なみだ》があふれた。マルカは、そんなノニの肩《かた》を優《やさ》しく抱《だ》いた。

「戦争、いつか終わる。そうしたら、おまえ、必ず来る。分かった？」

「うん」

いつの間にか、小さなリアンが側に来て、ノニとマルカの手の上に自分の手を重ねてきた。そのやわらかい温かさが愛《いと》しくて、ノニはまた泣いた。その三人を、ステナもまた泣きながら見つめていた。


ノニが飛び立ったのは、新月の夜だった。地上では、マルカがいつまでもランプの光をふって見送ってくれた。ステナに抱かれたリアンが泣く声が聞こえた。

ノニはお礼を言うように、三人の上を何回も旋回《せんかい》すると、東に向かった。その先にある暗闇《くらやみ》。その向こうに、オルテシア共和国があるはずだった。

ノニの翼《つばさ》が風をはらんだ。ノニは暗闇の中へと、まっすぐ進んでいった。

第五章　翼人部隊《よくじんぶたい》

1

　ノニは飛んだ。真っ暗な空の上を。

　河《かわ》を越《こ》えてオルテシア共和国内に入る。地上を警備《けいび》している護衛兵《ごえいへい》たちは、空には注意をはらっておらず、ノニに気づくものはいなかった。

　行く手の空は暗く、地上はさらに暗かった。まるで、闇《やみ》の中にひとり浮《う》かんでいるようだ。

　ノニは飛びながら、心細さを覚えた。

（おれは、どこを飛んでいるんだろう？）

　翼《つばさ》がはえる前は、飛ぶことはどれほどすばらしいかと思っていた。でも、いざ翼がはえて飛んでみると、次々と事実を突《つ》きつけられることになった。

　オルテシア共和国の繁栄《はんえい》はなかった。国の誇《ほこ》りと正義《せいぎ》も、うそに塗《ぬ》り固《かた》められたものだった。

　ノニは闇の中を飛びながら、たまらない不安に襲《おそ》われていた。拠《よ》り所《どころ》を失い、どこをどう飛べばい

いのか、なぜ飛んでいるのか、さらには自分が何者なのかさえ、分からなくなってくる。『飛翔《ひしょう》することは、孤独《こどく》との闘《たたか》いでもある。独《ひと》りで飛ぶ覚悟《かくご》のない者は、飛翔に耐《た》えることができない。』

イアンのくれた『飛翔学』の訳《やく》には、冒頭《ぼうとう》にそう書いてあった。でも、そのほんとうの意味を知らなかったことを、ノニは今さらながら思い知らされていた。

空にはなにもない。翼《つばさ》だけが頼《たよ》りだ。羽《は》ばたきをやめたら、すぐに墜落《ついらく》する。でも、今のノニは、羽ばたく理由すらも分からなくなりはじめていた。

地上には、ぽつぽつと灯《ひ》が見えた。それがどれほど温かく、心強く見えることか！　今すぐ翼をたたんで降《お》り、その灯のどこかに駆《か》けこみたくなる。

（ああ、イアンがいたら！）

イアンがいて、この思いを共にしてくれたら！　ここから見える景色のひとつひとつを分かち合い、それを見て感じたこと、疑問《ぎもん》、考えたこと、それらをイアンに話せたら！

でも、ノニはひとりだった。すべての思いを自分の胸《むね》に問いかけるしかなかった。それはまた、答えのない闇《やみ》の中でひとりもがくようだった。

朝が来て地上に降りるたびに、ノニは救いを求めるような気持ちで、イアンの訳した『飛翔学』を読み返した。

『飛翔する者は、真実を求めるべし。そのための思考訓練も忘《わす》るべからず。思考しつつ飛ぶことを習慣《しゅうかん》とせよ。思考なくしての飛翔《ひしょう》は、鳥獣《ちょうじゅう》と同じ。』

『飛翔に答えはなく、またひとりとして同じ飛翔はなし。己《おのれ》の飛び方は、己で探《さぐ》るのみ。答えを焦《あせ》るあまり、他人の飛び方を真似《まね》る者は、必ずや墜落《ついらく》する。』

『飛翔するのに、羽《は》ばたく以上に大切なのは、見ることである。見る眼《め》のない者は、飛翔していないのも同じ。』

「イアンのやつ、どうしてもっと簡単《かんたん》な言葉で書かないんだ？　全然頭に入らないじゃないか」

ノニはだれもいない空間に愚痴《ぐち》った。

「あいつ、いつだって理屈《りくつ》っぽかったからな。訳《やく》した文章も理屈っぽい」

そう言いつつも、ノニはイアンの訳を何度も読み返した。暗記できるほどになっても読んだ。イアンの几帳面《きちょうめん》な字を見ると、イアンの顔が思い浮《う》かんだ。そして、二人で笑い合ったことも。

読んで疲《つか》れたら少し眠《ねむ》り、黒い塊《かたまり》を食べて腹《はら》を満たし、夜が来たら舞《ま》い上がった。その繰《く》り返しの日々だった。それが、いつまでも続くように思われた。

どれほど飛んだだろう。真っ暗な地上に慣《な》れていたノニの行く手に、突然《とつぜん》明るい光の塊が見えてきた。

（なんだ、あれは）

近づくにつれて、それははっきりしてきた。

巨大《きょだい》な街《まち》が、そこにあった。

見たこともない高い塔《とう》が並《なら》び、まばゆいばかりの電気灯《でんきとう》に輝《かがや》いている。地面を碁盤《ごばん》の目のように道路が整備《せいび》され、そこを数え切れないほどの車が走っている。

ノニは、これまで飛んできた街《まち》とのあまりの違《ちが》いに、ここが本当にオルテシア共和国かと疑《うたが》った。

(マルカのいたスミルナ村から、東に十日、北に十日飛んできたはずだ。だとすればこの街は、えーと……)

ノニは、学舎《がくしゃ》で習った地理の授業《じゆぎよう》を必死で思い出した。

(首都ルスカか)

ノニは高度を上げて、街で一番高い塔のてっぺんに降《お》り立った。たぶん十階建てくらいだろう。そこに座《すわ》って翼《つばさ》を休めながら、街を見下ろした。

夜なのに、街は昼間のようだった。白い電気灯に明るく照らされた道を走る車は、ほっそりとした形の最新型だ。道を歩く人々はきれいなマントを羽織《はお》り、貧しさの影《かげ》もなかった。どれほどの人が、この街にいるのだろう。ノニには、街自体が、一つの大きなうごめく生き物に見えた。

(こんな街が、ほんとうにあったんだ)

これこそ、学舎で教わった通りの、繁栄《はんえい》するオルテシア共和国の姿《すがた》だった。

(こんな発展《はってん》をするのも、ソリド・マグマの力なのか……でも、なぜ他の街はあんなに暗いんだ?)

ノニは圧倒《あっとう》されつつも、わき上がる疑問をおさえることができなかった。

(ソリド・マグマがもっとあったら、暗かった他の街も、こうなるのか? ああ、でもこの街の街灯《がいとう》

が一本だけでも、あの暗かった街《まち》や村にあったら、どれほど助かるだろう）

ノニの頭に、「ソリド・マグマ、なくたって、幸せ」と言ったマルカの顔が浮《う》かんだ。

（たしかにそうかもしれない。でも、ソリド・マグマがあって、全部こういう街になったら、もっと幸せかもしれない）

しかし、そのソリド・マグマを探掘《たんくつ》して、父は病気になって死んだ。そして、今、ソリド・マグマをめぐって戦争が起きている。

（ああ、いったい、何が幸せなんだろう。どう生きるのが一番いいんだろう。分からなくなってきた。こんなとき、イアンがいたら、なんて言うだろう）

飛ぶようになってから、ノニには混乱《こんらん》することだらけだった。それを考えることにも疲《つか》れはじめていた。いっそ翼《つばさ》のない、なにも疑問《ぎもん》を持ったり考えたりしなくてもいい生活の方が、ずっと楽だった。

（そうしたら、この景色もなにも考えずに楽しめるのに）

首都ルスカの妖《あや》しい輝《かがや》きは魅力的《みりょくてき》だった。ノニは時間がたつのも忘《わす》れて、街に見入っていた。あまり夢中《むちゅう》になっていたので、東の空が明るみはじめたことにも気づかなかった。

気がつけば、太陽が塔《とう》の向こうから顔を出そうとしていた。

（しまった。長くいすぎた）

ノニは立ち上がり、あわてて翼を広げようとした。そのときだった。

カチリ。

背後《はいご》で冷たい音がした。ふりかえったノニは、体が震《ふる》えた。

いつのまにか、そこに護衛兵《ごえいへい》たちがいた。ノニを狙《ねら》う銃口《じゅうこう》が見えた。

とっさにノニは羽《は》ばたいた。同時に、銃声《じゅうせい》が響《ひび》いた。

チュイーン、と空気を切り裂《さ》く音をたてて、銃弾《じゅうだん》がノニの翼《つばさ》をかすめた。ノニは、上昇《じょうしょう》しながら、なんとか逃《のが》れようと必死だった。

チュイーン、チュイーン。

弾《たま》が頬《ほお》をかすめた。後ろで、わあわあとさけぶ声がした。ノニは夢中《むちゅう》で羽ばたき、塔《とう》から離《はな》れていった。なんとか、銃弾の届《とど》かないところまできて、ほっとしたそのとき。

チュイーン。

音がして、焼けつく痛《いた》みが走った。見ると、別の塔の窓《まど》から銃口がのぞいていた。

右肩《みぎかた》が、みるみる赤く染《そ》まっていく。翼が痺《しび》れて動かない。視界《しかい》が白黒に変わっていく。

ノニは体勢《たいせい》を崩《くず》して落ちはじめた。塔の間を、固い地面に向かってまっさかさまだった。このまま墜落《ついらく》したら、間違《まちが》いなく死ぬ。だが、翼はぴくりとも動かない。

(だめだ)

ノニは目をつぶった。次の瞬間《しゅんかん》。

黒い影《かげ》が矢のように飛んできて、ノニを抱《だ》きかかえた。

ノニは見た。それは紺色《こんいろ》の制服《せいふく》に身を包んだ男だった。その背《せ》には翼があった。

翼人《よくじん》は、ノニを抱《かか》えて舞《ま》い上がり、塔《とう》の上の護衛兵《ごえいへい》たちの前に降《お》り立った。さらにその周りに、十人ほどの翼人たちが舞い下りた。みな、同じ紺色《こんいろ》の制服を着て、手に銃《じゅう》を持っている。

うろたえる護衛兵たちに、ノニを抱えた翼人が言った。

「我《われ》らは将軍直属《しょうぐんちょくぞく》の翼人部隊だ。わたしは隊長のロブス。この若者《わかもの》は我らが預《あず》かる。諸君《しょくん》は、手出し無用だ」

護衛兵たちがざわめく中、兵長らしき男が言った。

「翼人部隊！　そんなのが作られたというのは、ほんとうだったのか。だが、そいつははぐれ翼人だ。はぐれ翼人を捕《と》らえるのは、我々《われわれ》の仕事だ」

「翼人はすべて、我々が保護《ほご》をする。それが新しい指令だ。首都ルスカの護衛兵なのに知らないのか？　これは命令系統《けいとう》の由々《ゆゆ》しき問題だ。すぐに報告《ほうこく》しなくては」

兵長はロブスを睨《にら》みつけた。が、その腕《うで》につけられた金色の四本線の徽章《きしょう》を見ると、急に卑屈《ひくつ》な態度《たいど》になって薄笑《うすわら》いを浮かべた。

「わかりました、ロブス少佐《しょうさ》。お任《まか》せしましょう。こちらも助かります。奇形種《きけいしゅ》を追いかけ回す暇《ひま》は、正直ないのでね」

「……」

ロブスは、顔色一つ動かさずに兵長に近づいた。そしていきなり殴《なぐ》りつけた。

「な、なにをする！」

「その口が無礼《ぶれい》な物言いをしないように、痛《いた》みで分からせたまでだ。我々《われわれ》を二度と奇形種《きけいしゅ》などと言わないように」

「お、おのれ……」

「注意したまえ。我々は、将軍《しょうぐん》より直々《じきじき》に命令を受ける立場だ。おまえごとき兵長の降格《こうかく》など、すぐに進言できる」

兵長は顔を真っ赤にしたまま、口を結んだ。ロブス少佐《しょうさ》は、護衛兵《ごえいへい》たちを睨《にら》みつけた。

「お互《たが》い、国家のために働いている身だ。つまらぬいがみあいはなしにしよう。では、諸君《しょくん》、任務《にんむ》に励《はげ》みたまえ」

ロブス少佐はそれだけ言うと、ノニを抱《だ》いたまま飛び立った。それは音もせず、まるで空中に吸《す》い上げられたかのような飛び方だった。ノニは驚嘆《きょうたん》した。こんな飛び方は初めて見た。だがそれ以上に驚《おどろ》いたのは、ロブス少佐に続いて飛び立った翼人《よくじん》部隊の十人が、そろって同じ飛び方をしたことだ。それは見事な隊列だった。

ロブス少佐を先頭に、隊列は定規《じょうぎ》で計ったようにまっすぐ並《なら》んで飛んでいた。その羽《は》ばたきはゆっくりなのに、まるで空気を切《き》り裂《さ》くような速さだった。なのに、隊列は少しも乱《みだ》れることはない。

ロブス少佐は、飛びながら耳につけた無線機に手をあてた。

「こちら、第一小隊。巡回中《じゅんかいちゅう》、首都ルスカにて、はぐれ翼人を一名保護《ほご》。肩《かた》に銃弾《じゅうだん》を受けている。保健班《ほけんはん》を配備《はいび》してくれ」

『了解《りょうかい》』

無線機から声がした。ロブス少佐《しょうさ》は、ノニをちらりと見て、たずねた。

「傷《きず》は痛《いた》むか？」

「いえ。あの……ありがとうございました。助けてくれて……でも、どうして？」

「さっきも言った。はぐれ翼人《よくじん》を保護《ほご》するのも、我々《われわれ》の仕事だ」

「はぐれ翼人？」

「翼《つばさ》がはえて、町にいられなくなって出てきた、行くあてもない翼人のことだ」

「……」

「今までそういう翼人は、見つかったら捕《と》らえられて、思想矯正収容所《きょうせいしゅうようじょ》に送られていた。だが、方針《ほうしん》が変わったのだ。我《われ》らも国の役に立てるようになったのだ」

ロブス少佐の足下《あしもと》では、どんどん町は遠ざかり、東に伸《の》びる幹線《かんせん》道路に沿《そ》うように飛んでいく。

「翼人部隊の活躍《かつやく》は大いに期待されている。なのに、これまでのいわれなき悪評《あくひょう》のせいで、多くの翼人が捕《つか》まってすぐ、翼を落とされてきたのだ。我々はできるだけ多くの翼人を救い出し、仲間として迎《むか》えたいのだ」

「……」

「ほら、見えてきた。あれが我々の訓練所だ」

幹線道路の先にあったのは、飛行場のような場所だった。そこには大きな石煉瓦《いしれんが》の建物が建てられ、紺地にピウラ山と〈北の不動星〉が白く抜かれたオルテシア共和国国旗がたなびいている。飛行場のようなところには、たくさんの翼人たちが並び、号令に合わせて、一斉に飛び上がったり、旋回をしたりしている。ロブス少佐の隊列はそれを尻目に、石煉瓦の建物の前に降り立った。すると建物から、小柄《こがら》な若者《わかもの》が出てきた。その背《せ》に翼《つばさ》はなかった。

「少佐、お待ちしておりました。その子が、新しく保護《ほご》した翼人ですか？」

ロブス少佐はうなずいた。

「そうだ。護衛兵《ごえいへい》の馬鹿《ばか》者どもに追われていたのを保護した」

「まだ、子どもじゃないですか」

「ああ、全く。護衛兵め。やつらは、翼人を人と思っていないのだ。すぐに手当てを頼《たの》む。我々《われわれ》は、まだ任務《にんむ》が残っているのでな」

「はっ」

ノニは地面に下ろされたが、頭がふらふらして倒《たお》れそうになった。

若者はすばやくノニを受け取ると、その肩《かた》を支《ささ》えて歩き出した。ロブス少佐と翼人部隊の十人はノニを見送ると、再《ふたた》び空に舞《ま》い上がっていった。

ノニが連れて行かれたのは、医務室《いむしつ》だった。ノニはそこで傷《きず》の手当てを受けた。若者は慣《な》れた手つきでノニの肩に包帯を巻《ま》いた。

「弾《たま》が貫通《かんつう》してくれてよかった。今、食事を持ってくる。きみは若《わか》いから、すぐに回復《かいふく》するよ」

「……」

「それにしても、きみは運がいい。ロブス少佐《しょうさ》に見つかるなんて。間に合わなくて、翼《つばさ》を落とされたり、命を失う翼人《よくじん》もかなりいるんだ。いまだに、翼を邪悪《じゃあく》の象徴《しょうちょう》だという者も多くてね」

ノニは、自分を狙《ねら》っていた護衛兵《ごえいへい》の銃口《じゅうこう》を思い出して、今さらながらぞっとした。

「あの……ほんとうなんですか？　翼人部隊が作られたって」

「ほんとうさ。将軍《しょうぐん》が、翼人の価値《かち》を認《みと》めてくださったのさ。それというのも、ロブス少佐のおかげなんだが」

「ロブス少佐の？」

「そう。三年前、前線で将軍を助けたのさ。もちろんそのときは少佐じゃなくて、はぐれ翼人だったんだが。でも、それをきっかけに、将軍が少佐を直属《ちょくぞく》の軍属《ぐんぞく》に上げて、翼人部隊を作ることを命じられたのさ。今じゃ、少佐に助けられた翼人たちが、訓練されて部隊に入り、最前線で活躍《かつやく》している。我《われ》ら翼人が、やっと認《みと》められたというわけさ」

ノニは、信じられない思いで聞いていた。

「じゃあ、もう思想矯正収容所《きょうせいしゅうようじょ》に送られることはないのか……」

「ああ。それどころか、ここで飛行訓練を受けて、翼人部隊として戦えるんだ。それもこれも、ロブス少佐のおかげさ」

保健班《ほけんはん》の若者《わかもの》は、心からロブス少佐を尊敬《そんけい》しているようだった。

「きみも傷《きず》が癒《い》えたら、ぜひ飛行訓練を受けて、翼人《よくじん》部隊に入るといい。そうして、翼《つばさ》のない奴《やつ》らに、我々《われわれ》のすごさを見せつけてやるのさ」

「我々？　でも、あなたは翼は……」

若者《わかもの》の表情《ひょうじょう》に、一瞬《いっしゅん》暗い影《かげ》がよぎった。が、すぐに明るい調子で言った。

「おれは、翼を落とされたんだ」

「えっ……」

「でも、思想矯正《きょうせい》プログラムを受ける前に、ロブス少佐《しょうさ》に救い出された。だから言っただろう？　きみは運がいいって」

「……」

「じゃあ、食事を持ってくるよ」

ノニは、部屋を出て行く若者を見送った。その背《せ》には、なにもなかった。翼を落とされる。考えただけで、ノニは身震《みぶる》いした。

寝台《しんだい》の窓《まど》からは、訓練場が見えた。そこでは今、翼人たちがくるくると同じ方向に旋回《せんかい》をしている。その鮮《あざ》やかな飛翔《ひしょう》に、ノニは心を奪《うば》われた。右旋回を繰《く》り返した次は、左旋回、急停止、急上昇《きゅうじょうしょう》と訓練は続く。

（おれも訓練したら、あんな飛び方ができるようになるんだろうか）

次は、隊列を組んで飛ぶ訓練だ。十人の隊列は、まるで一枚《いちまい》の翼になったかのようにきれいに並《なら》んで飛んでいる。隊列ごとの右旋回《みぎせんかい》、左旋回も、ひらりひらりと軽《かろ》やかに、遅《おく》れるもの一人なく一丸となって、まるで巨大《きょだい》な鳥が飛ぶようだ。

（すごい。あんなことができるなんて）

見とれていたノニに、若者《わかもの》が食事を運んできた。それを見て、ノニは驚《おどろ》いた。大きな肉の塊《かたまり》に、オムイモのサラダと真っ赤に熟《じゅく》したホウヤの実がつけられ、厚切《あつぎ》りのパンが一枚、添《そ》えられている。ノニは思わずたずねた。

「これは……全部食べていいんですか？」

「もちろんだとも。おかわりもできるぞ。訓練生になったら、毎日好きなだけ食べられるんだ」

ノニはごくりと唾《つば》を飲んだ。ずっとチェマ粥《がゆ》で生きてきたノニには、毎日こんな大きな肉が食べられるなんて、夢《ゆめ》のようだ。ノニの腹《はら》は、盛大《せいだい》に鳴りだした。若者は笑った。

「さあ、食べたまえ。早くよくならないとな」

寝台《しんだい》に卓《たく》が用意され、食事の盆《ぼん》が置かれたとたん、ノニはがつがつと食べはじめた。肉がこんなにおいしいものだと、ノニは初めて知った。肉に噛《か》みつくと、肉汁《にくじゅう》が口から滴《したた》り落ちた。少し赤みがかった肉を飲みこむだけで、体に力がみなぎる気がした。

ノニがみるみる平らげる様子を、若者は目を丸くして見ていた。最後には、とうとう笑いだした。

「見事な食いっぷりだ！　その分なら、すぐに飛べるようになるよ。なにしろきみは若《わか》い。そうだ、きみは何歳《なんさい》だ？」

「十六歳《さい》です」

「そうか！　じゃあ、この訓練所では最年少だ。きっと回復《かいふく》も早いぞ」

若者《わかもの》の言う通りだった。ノニの肩《かた》の傷《きず》はみるみるふさがり、三日後には寝台《しんだい》から起きて歩き回れるようになった。

ノニはその間も、窓《まど》からずっと飛行訓練を見ていた。迷《まよ》いのない彼《かれ》らの飛び方に、目が離《はな》れなくなっていた。

（どうやったら、あんな風に飛べるんだろう？　おれも飛んでみたい）

いつしか、そう強く願うようになっていた。

ロブス少佐《しょうさ》が医務室《いむしつ》に来たのは、二週間後のことだった。訓練所に入るかどうかたずねられたとき、ノニは迷《まよ》わず答えていた。

「入ります」

「訓練は厳《きび》しいぞ」

「はい。でも、おれもあんな風に飛びたいんです」

「それはきみの努力次第《しだい》だ。期待しているぞ、ノニくん」

ロブス少佐に握手《あくしゅ》されて、ノニは舞《ま》い上がりそうな気分になった。

医務室を出たノニは、訓練生たちの寮《りょう》に連れて行かれた。

寮は、訓練所のすぐ横にあった。寮長の翼人《よくじん》がそこの大部屋に案内してくれた。

「ここでは、十人が同室の共同生活だ。ここの生活は時間厳守《げんしゅ》。起床《きしょう》は五時、基本《きほん》訓練をしてから七時に朝食。午前中は専門講義《せんもんこうぎ》を受け、十二時昼食後は、飛行訓練だ。夕食は十八時。その後、順番に水浴びをして就寝《しゅうしん》は二十一時だ」

「はい」

「きみには、制服《せいふく》と必需品《ひつじゅひん》が支給《しきゅう》される。その他、必要なものがあったら、月給が毎月十ガル出るから、それで買いたまえ」

「十ガルも！」

ノニは目を丸くした。ユマばあと一日屑鉄拾《くずてつ》いをしても、ひと月一ガルも稼《かせ》げなかった。寮長《りょうちょう》は当然のように言った。

「訓練生を卒業して、翼人《よくじん》部隊に入れば、給料は五十ガルになる。その上、特別手当もつく」

「……」

「今日は十八時の夕食まで自由時間だ。支給品は雑務部《ざつむぶ》から届《とど》くから、整理しておきたまえ」

寮長はそれだけ言って、出ていった。

ノニは、自分の寝台《しんだい》に腰《こし》を下ろした。新しい木の匂《にお》いのする寝台には、ぱりぱりのシーツにやわらかい羽布団《はねぶとん》があった。ユマばあと寝袋《ねぶくろ》を並《なら》べて寝ていたノニにとって、夢《ゆめ》のようだった。

ノニは、自分の鞄《かばん》を机《つくえ》に置いた。鞄はすり切れ、汚《よご》れていた。その中からノニは、イアンの『飛《ひ》翔学《しょうがく》』の紙束を取りだした。

——己《おのれ》の飛び方を知るためには、己の限界《げんかい》や特徴《とくちょう》を知るべし。己の限界を見極《みきわ》めるためには、どこまで飛べるかを測《はか》るべし。

少し読んで、ノニはばさっとそれを置いた。相変わらず理屈《りくつ》っぽい文章で、なかなか頭に入らなかった。それに、もうこれも必要ないような気がした。なにしろここで、飛行を教えてもらえるのだ。今までのように悩《なや》む必要もない。そう思うと、自分でも驚《おどろ》くほど心が軽くなった。

（イアン、おれ、ここで飛行術《ひこうじゅつ》を学べるんだ。自分の思うように飛べるようになるんだ。ああ、イアン、今、きみがここにいたら！）

ノニは、『飛翔学』の紙束を、鞄《かばん》にもどした。その鞄ごと、机のひきだしの一番奥《おく》にしまいこんだ。

窓《まど》の外では、笛の号令と共に飛行訓練をしている先輩《せんぱい》たちの姿《すがた》が見えた。ノニはそれを見ながら、早く飛びたい思いをおさえかねていた。

2

「本日付けで入所した新訓練生のノニ・パチャククんだ。ノニくんは十六歳《さい》、この訓練所では最年少だ。諸君《しょくん》、いろいろ教えてやってくれたまえ」

講義室《こうぎしつ》に、エリク教官の声が響《ひび》いた。

青い制服《せいふく》に身を包んだ訓練生たちは、ノニの様子を見て、思わず失笑《しっしょう》した。それもそのはず、制服は一番小さいものにも関《かか》わらず、ノニにはぶかぶかだった。袖《そで》や裾《すそ》を折っているが、まるで子どもが大人の服を着せられて立っているようだった。それに、ノニの翼《つばさ》は透明《とうめい》だったが、他の訓練生たちの翼は、そろって使い古したような鉛色《なまりいろ》だった。

「では、講義《こうぎ》を始める」

　エリク教官は、教書を開いて読みはじめた。ノニは自分の席に座《すわ》ると、早速支給《さっそくしきゅう》されたばかりの新しい教書を開いた。そこには、さまざまな飛翔術《ひしょうじゅつ》がのっていた。ノニが食い入るように読みはじめたときだった。

　だれかの手が伸《の》び、腕《うで》をつつかれた。

見ると、隣《となり》に座《すわ》っている、やや小太りの若者《わかもの》だった。ノニよりは年上らしく、顎《あご》に何本か髭《ひげ》が出ている。

「新人、よろしくな。おれ、オルタ」

「あ、よろしくお願いします」

「お前、十六歳《さい》だって？　若《わか》いなあ。おれ、十八歳。ここには半年前に入った。翼《つばさ》がはえてきたときは、どうしようって思ったけど、叔父《おじ》が軍属《ぐんぞく》だったから、ここのこと知っててさ。ここに入れて良かったよ。あ、何かあったら、おれに聞けよ」

「ありがとうございます」

　オルタはまだ何か話したそうだったが、ノニはそれを避《さ》けるように教書に顔を寄《よ》せた。オルタもしかたなく教書に目を向けたが、まるで集中している様子はなかった。

昼食の後は、飛行訓練だった。飛行服に着替《きが》えて訓練場に行ったノニは、そこに一列になって並《なら》ぶ訓練生たちに圧倒《あっとう》された。

「ノニ・パチャク。きみは一番後ろだ。最初はできるところだけでいい」

「はい」

ノニは一番後ろに並んだ。ノニの前は、あのオルタだった。

「飛び方、用意！」

教官の声に、訓練生たちは一斉《いっせい》に翼《つばさ》を広げた。その一糸乱《いっしみだ》れぬ動きに、ノニはあわてて翼を広げた。

「飛び方、はじめ！」

教官の声と同時に、端《はし》から次々と訓練生たちは飛びはじめた。それもふらふらとした飛び方ではない。矢のようにまっすぐ上昇《じょうしょう》していく。

オルタが飛んだ。その小太りの体に似合《にあ》わず、見事な飛行だ。ノニも続けて飛んだが、どうみても不格好《ぶかっこう》な飛び方だった。やっと、上空で並んでいる先輩《せんぱい》たちに追いついたときには、もう次の飛行が始まっていた。

「東へ、直角飛行！」

教官の声と同時に、一人ひとり測《はか》ったように直角に曲がった。ノニもついていこうとしたが、曲がりきれず、大回りをしてやっと追いついた。それだけで、ノニはもう肩《かた》で息をついていた。

「ら旋《せん》飛行！」

今度は、ぐるぐると環《わ》になって回りはじめた。だが、ノニはついていけず、一人環の外にはじきだされてしまった。

「急降下《きゅうこうか》！」

教官の声に即座《そくざ》に反応《はんのう》して、訓練生たちはきりもみするように落ちていく。ノニも自分の翼《つばさ》を折りたたみ、まっすぐ落下していった。途中《とちゅう》で翼を広げてスピードを緩《ゆる》めようとしたが、止まらない。

「ああっ！」

地面が迫ってくる。ノニは悲鳴をあげた。そのとき。

エリク教官が飛んだ。矢のようにノニの落下地点に行くと、見事にノニを捕《つか》まえた。

ノニは真っ青になって、歯をがちがち鳴らしていた。エリク教官は笑った。

「最初から力みすぎだな。無理するな」

「は、はい」

「きみの飛翔力《ひしょうりょく》はだいたい分かった。まだ体力がない。まずは基礎《きそ》体力作りからだ」

その後は、もう飛ばせてもらえなかった。先輩《せんぱい》たちが次々と飛行訓練を繰《く》り返す中、一人地上で走ったり、筋力《きんりょく》訓練ばかりさせられた。

ようやく一日が終わったときには、ノニはくたくたになっていた。寮《りょう》の自分の部屋にもどると、すぐに寝台《しんだい》にひっくり返った。そこにやってきたのは、オルタだった。

「よお。同室だな。よろしく」

「……」

「ははは、返事もできないくらい、へとへとか。そうだよな。一日目は、みんなそうだ」

オルタはそう言うと、懐《ふところ》から小瓶《こびん》を取りだし、あたりをきょろきょろと見回した。

「特別に、これ、飲ませてやるよ。あっという間に疲《つか》れも吹《ふ》っ飛ぶから」

「それは……」

「おれのおふくろが作ったオーバニ酒さ。といっても、ずいぶん薄《うす》めてある。ほら、風邪薬《かぜぐすり》がわりさ。こいつをちょっと飲めば、よく眠《ねむ》れるぞ。そら」

オルタはノニを起こすと、ほとんど無理やりに小瓶の中身を飲ませた。ひどく苦い味に、ノニは咳《せき》こんだ。だが、中の液体《えきたい》が喉《のど》を通っていったとたん、体がかーっと熱くなって、燃《も》えるようになってきた。オルタは笑った。

「ははは。水みたいな酒なのに、赤くなってやがる。やっぱり、まだ子どもだな。ま、今日はゆっくり寝《ね》な。明日から、地獄《じごく》の日々さ」

そういうオルタの顔も揺《ゆ》らめいて、ノニにははっきり見えなかった。ノニは枕《まくら》に頭を沈めて、意識《いしき》を失うように眠ってしまった。

翌朝《よくあさ》、ノニはひどい頭痛《ずつう》と筋肉痛《きんにくつう》で、起き上がるのもやっとだった。だが、訓練に遅《おく》れるわけにはいかない。ノニは必死で制服《せいふく》に袖《そで》を通すと、訓練場に駆《か》けつけた。ぎりぎり間に合ったが、その後がいけなかった。いきなり走らされ、筋力《きんりょく》訓練をさせられた。やっと朝食になったときには、石を詰《つ》めたように体が重く、動かなかった。

朝食の後は、講義室《こうぎしつ》で講義を受けた。雲を読んで風を見る方法や、飛び方の基礎知識《きそちしき》を教えられた。それは、ノニには初めて知ることばかりだった。教えられることひとつひとつが新鮮《しんせん》でおもしろかった。だがなにしろ体が重くて、何度も眠《ねむ》りそうになって、隣《となり》のオルタにつつかれて起こされた。

午後からは、再《ふたた》び飛行訓練だった。が、ノニは飛ばせてもらえず、ずっと地上を走らされた。やっと一日が終わったときには、ノニは自分の体がぼろ雑巾《ぞうきん》にでもなったような気がした。

夜、また寝台《しんだい》に倒《たお》れこんでいると、オルタがやってきた。ノニは今度は、オーバニ酒を拒否《きょひ》した。オルタは残念そうに懐《ふところ》にしまい、ノニの机《つくえ》の上をじろじろと見た。

「おまえ、荷物、これだけか？　支給品《しきゅうひん》しかないのか？」

「ああ」

「家はどこだ？　家族は？」

聞かれたとたん、ユマばあの顔が思い浮《う》かんだ。ここに来てから手紙を書いたが、返事はなかった。今ごろどうしているのだろう。きっと、ノニのことを心配しているだろう。

答えないノニに、オルタはたずねた。

「おまえ、はぐれ翼人《よくじん》だったんだろ？」

「……」

「ずいぶん苦労したみたいだな。でも、ここに来たんだから、もう安心だぜ。翼人《よくじん》部隊に入れば、おれたち、捕《つか》まる心配はない。それどころか、尊敬《そんけい》される。なにせ、将軍直属《しょうぐんちょくぞく》の部隊なんだから」

「安心……なのか？　おれたち」

「ああ、そうさ」

ノニの頭に、暗かった街《まち》や荒《あ》れた農園がよぎった。マルカの顔も思い浮かんだ。だが同時に、ひとりで飛んでいた辛《つら》さを思い出して、ノニはあわてて頭をふった。

あの出口のないような孤独《こどく》な飛翔《ひしょう》にもどるくらいなら、ここで飛行訓練していたほうがよかった。ここなら、少なくとも同じ翼人の仲間がいた。そして、何も考えずに飛ぶことができた。今はまだ、飛行訓練に加えてもらえないが、そのうちきっと、飛べるはずだ。

ノニは気を取り直して、オルタにたずねた。

「オルタさんは、いつから飛行訓練に加えてもらえたんですか？　最初から？」

「ああ、オルタでいいよ。おれも、最初は地上で走らされてばかりだったさ。三か月はずっとな」

「三か月……」

「なあに、あっという間さ。体力がないと、飛行も危《あぶ》ないからな。今だけの辛抱《しんぼう》だ」

オルタは、ノニを励《はげ》ますように言った。だが、ノニは三か月も地上にいるつもりはなかった。

翌日《よくじつ》から、ノニは前にも増《ま》して訓練に励《はげ》んだ。だれよりも早く訓練場に出て、走ったり筋力《きんりょく》訓練をしたりした。おかげで痩《や》せて細かったノニの体は、みるみる筋肉《きんにく》がついてたくましくなっていった。

ノニが飛行訓練を許《ゆる》されたのは、一か月後だった。それからのノニの上達はめざましかった。最初はよたよたで、先輩《せんぱい》たちについていくのもやっとだったが、人一倍努力を重ね、みるまにすばやく正《せい》確《かく》に飛ぶことができるようになっていった。そのめざましい進歩には、オルタも驚《おどろ》いた。

「おまえみたいに飛ぶことに夢中《むちゅう》になれるやつは、初めて見たよ。まるで、とりつかれているみたいだ」

オルタの言うことは当たっているのかもしれなかった。ノニが訓練に没頭《ぼっとう》したのは、孤独《こどく》だった飛《ひ》翔《しょう》の日々や、あのとき感じた答えのない疑問《ぎもん》を忘《わす》れるためだった。

どれだけ速く飛ぶか。どれだけ鋭く曲がるか。どれだけ音をたてずに飛ぶか。それだけに集中して飛ぶことは、なんと気楽で楽しいことだろう。

半年もたたないうちに、ノニの飛行は、訓練生から一目置かれるようになっていた。最初はえらそうにノニに教えていたオルタも、今ではノニの後ろで、ノニの飛び方を真似《まね》るようになっていた。

いつしか、透明《とうめい》だったノニの翼《つばさ》は、先輩《せんぱい》たちと同じ鉛色《なまりいろ》に変わっていった。ノニは、白分の翼がやわな透明な翼から、鍛《きた》え上げられた鉛色の翼に変わったのが誇《ほこ》らしかった。

最初はノニに嫉妬《しっと》していた先輩《せんぱい》たちも、ノニを認《みと》めないわけにはいかなかった。ノニが訓練生の先頭を飛ぶようになるころには、その実力はだれもが認めるところになっていた。ノニは、ようやく自分の居場所《いばしょ》を見つけた思いだった。ここでは、だれもがノニを認めてくれた。差別もなく、あるのはただ、飛ぶ実力だけだった。

だが、飛べるようになればなるほど、思いだすのはイアンのことだった。

（イアン、どこにいるんだ？　おれ、飛べるようになったんだぜ。今なら、おまえを抱《かか》えて飛ぶことだってできる）

訓練所の日々は、あっという間に過《す》ぎていった。季節が移《うつ》り変わり、気がつけば一年の月日が流れようとしていた。

よく晴れた朝だった。ノニが、いつものように飛行服を着て、訓練所に行こうとしたときだった。向こうから、興奮《こうふん》した様子でオルタが走ってきたのだ。

「ノニ。大変だ！　おまえ、ロブス少佐《しょうさ》に呼《よ》ばれてるぞ」

「えっ、ロブス少佐？」

ロブス少佐が、訓練所にいることは滅多《めった》にない。ノニも、助けられたあのとき以来、会っていなかった。その間、ノニはさんざん先輩《せんぱい》たちから、ロブス少佐《しょうさ》の武勇伝《ぶゆうでん》を聞かされていた。将軍《しょうぐん》を救ったときのこと、そこから抜擢《ばってき》されて前線で果たした輝《かがや》かしい功績《こうせき》、そして翼人《よくじん》部隊を作って国中の翼人を救っていること。ロブス少佐は、翼人たちの英雄《えいゆう》だった。

オルタは、ばんばんと痛《いた》いほどノニの肩《かた》を叩《たた》いた。

「これで、おまえもいよいよ翼人部隊入りだな！」

「まさか。おれ、まだ十七歳《さい》になったばかりだし……」

「いや、きっとそうだ。さあ、早く行ってみろ」

オルタに急《せ》かされて、ノニは教官室を訪《おとず》れた。

教官室では、浅黒い肌《はだ》に紺《こん》の制服《せいふく》を身につけたロブス少佐《しょうさ》と、エリク教官が待っていた。

ノニは震《ふる》える思いでその前に立った。翼人《よくじん》の英雄が、今、目の前にいるのだ。

ロブス少佐は、制服姿《せいふくすがた》のノニを見て、微笑《ほほえ》んだ。

「エリク教官に聞いた。めざましい進歩を遂《と》げているそうだな、ノニくん」

「はっ」

「確《たし》かに、一年前とは見違《みちが》えるようだ。どれ」

ロブス少佐は立ち上がった。

「わたしも少し飛んでみたくなった。いっしょに飛ぶか？」

「えっ、ほ、ほんとですか？」

ノニはうれしくて胸《むね》が弾《はじ》けそうだった。憧《あこが》れの少佐といっしょに飛べるなんて！　ロブス少佐は、ノニとエリク教官と共に、訓練場に出ていった。訓練場にいた訓練生は、ノニたちが行くと、訓練をやめてこちらを見た。

「じゃあ、まず慣《な》らしの飛行からいこうか」

ロブス少佐は、すうっと吸《す》いこまれるように一直線に浮《う》き上がった。その後に続いて、ノニも音もなくついていく。ロブス少佐のスピードにも、遅《おく》れることはなかった。

ロブス少佐は、いきなり高速飛行体勢《たいせい》に入った。ノニはすばやく反応《はんのう》した。翼《つばさ》を短く絞《しぼ》り、羽《は》ばたきを極力《きよくりよく》おさえて風をとらえる。隊の後列にいる場合は、前の翼人《よくじん》の羽ばたきが起こす風をうまく利用する。ノニはロブス少佐の影《かげ》になったように、ぴったりついて飛行した。

ロブス少佐は急上昇《きゆうじようしよう》に転じた。それから急旋回《きゆうせんかい》、急停止、急降下《きゆうこうか》。

その全《すべ》てに、ノニは続いた。最後に高速旋回をしても、乱れることはなかった。地上で見ていた訓練生たちからは、歓声《かんせい》と拍手《はくしゆ》がわきおこった。

ロブス少佐はゆっくりと降下して地面に降《お》り立った。

「見事だ、ノニ・パチャク。短期間で、よくぞこれだけの飛行をものにしたな」

「ありがとうございます」

「きみはまだ弱冠《じやつかん》十七歳《さい》だが、飛行術《ひこうじゆつ》はおそらく、翼人部隊の中でもトップクラスだろう。どうだ？　翼人部隊に入らないか？」

「はい！　よろしくお願いします！」

ノニは、頭を下げた。向こうで、オルタが自分のことのように喜んで飛び上がっているのが見えた。

その夜、ノニのいる寮《りよう》の部屋では、ささやかな送別会が開かれた。

「我《われ》らの期待の弟、ノニ・パチャクくんの活躍《かつやく》を願って、乾杯《かんぱい》！」

オルタの声に、同室の十人の訓練生が杯《さかずき》を掲《かか》げた。中身はもちろん、オルタ自慢《じまん》のオーバニ酒だ。

ノニの隣《となり》にいた三歳《さい》上の訓練生は、ノニの耳元でささやいた。

「おまえは、なめるだけにしとけよ。一杯《いつぱい》飲んだら、ひっくり返るぞ」

「全くだ。飛行は訓練所一なのに、酒はお子ちゃまよりも弱いときてる」

「翼人《よくじん》部隊の新星を酔《よ》いつぶしたなんてなったら、おれたち一生、訓練所の便所掃除《そうじ》だぜ」

わっと盛《も》り上がる中で、オルタが言った。

「ノニ、忘《わす》れんなよ！　お前を最初に見出《みいだ》したのはおれだ！　それから、おまえには、ここに仲間がいる。いつだって、オーバニ酒を飲みに帰ってきていいんだぞ」

「そうだ、ノニ、分かったか！」

「おれが毎朝、おまえを起こしてたこと、忘れるんじゃないぞ」

みんな、口々に言い合ってノニの杯《さかずき》に自分の杯をぶつけた。ノニは笑いながら胸《むね》が熱くなった。

今まで、こんな仲間を持ったことなどなかった。

訓練生たちは、みな孤独《こどく》と不安を知っている仲間ばかりだった。だからなおさら、つながりが強かった。

いっときもしないうちに、酔《よ》いつぶれたのは先輩《せんぱい》たちのほうだった。忠告《ちゅうこく》通り、オーバニ酒をなめただけにしたノニは、それでも熱くなった頬《ほお》を冷やしに外に出た。

空は、月が明るく輝《かがや》いていた。ちょうど、ノニが翼《つばさ》を得たときのように。

(空を飛ぶことは、あのころ思っていたようなものではなかった)

ひたすら、空に憧《あこが》れていたあのころ。飛ぶことがどれほどすばらしいかと思っていた。だが、実際《じっさい》に飛んでみれば、それは厳《きび》しいものだった。

空を飛んで知った、この国の姿《すがた》。ノニには混乱《こんらん》することばかりだった。流れ流れて行きついたこの訓練所で、ノニは初めて満たされた思いになった。ここでなら、自分を思う存分発揮《ぞんぶんはっき》でき、そして周りからも認《みと》められた。

（でも……イアンがいない）

イアンが、今の自分を見たらどう言うだろうか。ノニには、その顔が思い浮《う》かばなかった。

「どうした、こんなところで」

声をかけられて、ノニは顔を上げた。そこにいたのは、オルタだった。

「いや……あの、オルタ」

「なんだ？」

「おれ、このまま翼人《よくじん》部隊に入っていいのかな」

「どうしたんだ、急に？」

「おれ……はぐれ翼人で飛んでいたとき、見たんだ。学舎《がくしゃ》では豊《ゆた》かだと聞いていた農園は荒《あ》れ果《は》ててたし、街《まち》はどこも暗かった」

そのとたん、オルタは暗い表情《ひょうじょう》になった。

「ああ……知ってる。おれの家は農園だったからな。特別市民の指導《しどう》で、新しい肥料《ひりょう》と育成法をやったんだ。そうしたら……土がダメになっちまった。親父《おやじ》は農園を手放して、今は工場できつい仕事をしている。おれの給料だけが頼《たよ》りなんだ」

「……」

オルタはノニの肩《かた》を叩《たた》いた。

「ノニ、迷《まよ》うな。おれたちにできることは、飛ぶことなんだ。翼人《よくじん》部隊に入って手柄《てがら》をたてれば、いつか他《ほか》の道も開けてくるさ。だが、いいか、今みたいなことは口走るんじゃないぞ。翼人をよく思ってない連中は多い。すきを見せれば、すぐに翼《つばさ》を落とされて思想矯正収容所《きょうせいしゅうようじょ》行きさ。わかったな、ノニ」

「……ああ」

「よし。じゃあ、帰って飲み直そう。おれたちの最後の夜だ」

ノニは笑ってうなずいた。オルタはノニの肩を抱《だ》き、寮《りょう》にもどっていった。


次の日の朝、ノニは寮を出て、翼人部隊の宿舎《しゅくしゃ》に移《うつ》った。そこは、寮とはまるで違った。個室《こしつ》が与《あた》えられ、風呂《ふろ》までついている。支給《しきゅう》される日用品も、すべて高級品ばかりだった。

ノニは、寮から持ってきた自分の持ち物を整理しはじめた。その手が、ふと止まった。箱の一番下にあったのは、すり切れた鞄《かばん》だった。ノニは、そっと鞄を手に取った。そしてふたを開いた。

中にあるのは、ユマばあからもらったお金。まだ硬貨《こうか》一枚《いちまい》も手をつけてない。それから紙束。

ノニは、少しにじんだイアンの文字を指でなでた。

『飛翔《ひしょう》に答えはなく、またひとりとして同じ飛翔はなし。己《おのれ》の飛び方は、己で探《さぐ》るのみ。答えを焦《あせ》るあまり、他人《たにん》の飛び方を真似《まね》る者は、必ずや墜落《ついらく》する』

何度も読み返したその文章を、ノニは再《ふたた》び読んだ。だが、それ以上は目を通さず、再び鞄《かばん》の中に突《つ》っこんだ。

宿舎《しゅくしゃ》の自分の部屋で、ノニは鏡の前に立ち、翼《つばさ》を広げてみた。

鉛色《なまりいろ》の頑強《がんきょう》そうな翼だった。紺色《こんいろ》の真新しい制服《せいふく》にもよく映《は》える。もう、ここにいるのは、弱々しい、孤独《こどく》な少年ではなかった。立派《りっぱ》な翼人《よくじん》部隊の軍人だった。

「おれは飛ぶ。だれよりも高く」

ノニはつぶやいた。

第六章　再会《さいかい》

1

ノニは、翼人《よくじん》部隊としてひと月訓練を受けた後、他《ほか》の五人の翼人とともに最前線のロハに送られた。ロハは、ピウラ山に近い、カザール自治連邦《れんぽう》の主要都市の一つで、ここを攻略《こうりやく》すれば、ソリド・マグマ採掘《さいくつ》工場のあるトンパ市まで一直線だった。戦況《せんきょう》を左右する重要拠点《きょてん》の一つとされていた。

編隊《へんたい》を組んで一週間空を飛び、やっとロハにたどりついたノニたちが見たものは、高い壁《かべ》だった。

「おまえたちが、新しい隊員か」

翼人部隊の天幕《てんまく》に舞《ま》い降《お》りたノニたちは、背《せ》の高い翼人に迎《むか》えられた。ノニは驚《おどろ》いた。その翼人は、なんと女性《じょせい》だった。

「わたしは、フローラ・ラングレン中尉《ちゅうい》。ロハの翼人部隊の指揮《しき》を任《まか》されている」

ノニを含《ふく》めた六人の新人隊員たちは、ぽかんと口を開けたまま、閉《と》じることも忘《わす》れて、ラングレン中尉を見た。火のように赤い髪《かみ》は帽子《ぼうし》の中に束ねられ、その眼光《がんこう》は鋭《するど》く、視線《しせん》を向けられただけで斬《き》

られるようだ。体は細かったが筋肉《きんにく》がしっかりとつき、動きに少しの無駄《むだ》もなかった。

「女がめずらしいか。その開けた口をなんとかしろ」

いきなり一喝《いっかつ》されて、ノニたちはあわてて口を閉《と》じた。ラングレン中尉《ちゅうい》は、睨《にら》むように見回した。

「最初に言っておくが、わたしは男より厳《きび》しい。なめてかかったら、容赦《ようしゃ》しない。ここは戦場だ。少しの油断《ゆだん》が死を招《まね》く。分かったか」

「……」

「返事は！」

「はっ」

六人はあわてて敬礼《けいれい》をした。ラングレン中尉は、隊員を見ながら持っていた書類をぱらぱらめくっていたが、ノニを見て目を止めた。

「ノニ・パチャクは、おまえか」

「そうです」

「最年少十七歳《さい》か。翼《つばさ》がはえたのはいつだ？」

「十六歳です」

「たった一年で翼人《よくじん》部隊か。ロブス少佐《しょうさ》も、こんな子どもを……」

中尉の言葉に、ノニは敬礼をしたまま言った。

「年齢《ねんれい》は関係ないと思います」

「……そう言えるだけの働きをするんだな。ここでは実力が全《すべ》てだ」

「……」

　中尉《ちゅうい》は、新人隊員たちを見回した。

「さて、ここでの翼人《よくじん》部隊の主な任務《にんむ》は、偵察《ていさつ》飛行だ」

　中尉は、遠くにそびえる壁《かべ》を指さした。

「敵《てき》はなかなか手ごわい。我々《われわれ》は夜間、あの壁を越《こ》え、敵陣《てきじん》の位置を正確《せいかく》に把握《はあく》するのが任務だ。闇《やみ》にまぎれての作戦とはいえ、危険《きけん》は多い。気を引き締《し》めて、任務に当たるように」

「はっ」

「では、夜までは自由時間だ。荷物をとくなり、休むなり、自由にしていい。日没《にちぼつ》と同時に作戦行動に入る。日没前に集まるように」

　ノニたちが敬礼《けいれい》している間に、ラングレン中尉は天幕《てんまく》を出ていった。そのとたん、ノニの隣《となり》にいた新人隊員がささやいた。

「噂《うわさ》じゃ聞いてたけど、ほんとうだったんだな。ロハの翼人部隊に女の翼人がいるって」

　ノニは首をふった。

「おれは知らなかったよ。訓練所はみんな、男だったし」

「噂じゃ、男以上の飛びっぷりをするらしいぜ。ロブス少佐《しょうさ》も一目置いてるらしい」

　その噂の飛行を、ノニはすぐ目にすることになった。

その夜、早速《さっそく》ノニたち新人は偵察《ていさつ》飛行部隊に入れられた。無線機と銃《じゅう》と軍剣《ぐんけん》と偵察用ゴーグルを装《そう》備《び》して並《なら》んだ隊員たちに、ラングレン中尉《ちゅうい》が言った。

「今夜の偵察は、壁《かべ》の周辺の敵陣《てきじん》の正確《せいかく》な位置の把握《はあく》だ。二人一組で行動する。偵察範囲《はんい》は、この円の中だ。担当空域《たんとうくういき》はわかったな？」

ラングレン中尉が示《しめ》した地図には、大きな円が書かれ、その中を担当区域ごとに分けてあった。ノニはセレスという翼人《よくじん》と組むことになった。

セレスは、二十代の横柄《おうへい》な態度《たいど》をとる男だった。ノニを見て、あからさまに迷惑《めいわく》そうな顔をした。

「おまえが、新人のノニか？　最年少とは聞いてたが、まだ子どもじゃないか」

「……」

「いいか。おれの足を引っぱるんじゃねえぞ。言っとくが、おれは速い。ついてこられなければ、置いていくからな」

「……はい」

「分かればいい。じゃあ行くぞ」

セレスは翼《つばさ》を広げ、夜空に飛び立った。ノニも続いた。

月のない夜だった。すぐ側を飛ぶはずのセレスの姿《すがた》も、闇《やみ》に溶《と》けて見えない。ただ、耳にはめた無線機からの声だけが、存在《そんざい》を知らせてきた。

「壁《かべ》の上の見張《みは》りに見つからないように、雲域《くもいき》まで一気に高度を上げるぞ。ついてこられなければ、そのまま帰れ」

「……はい」

ノニは短く返事をすると、力をこめて羽ばたいた。ぐんと加速し、一本の線のようになって、みるみるまに雲域まで上昇《じょうしょう》した。ノニに少し遅《おく》れて、セレスの影《かげ》が上昇してきた。暗くて顔は見えなかったが、無線の声は少しあわてていた。

「ちっ、速けりゃいいってもんじゃない。相方を置いてく気か」

「……すみません」

「これだから新人は困《こま》るよ。気をつけろ！　じゃあ、雲に隠《かく》れて壁《かべ》を越《こ》えるぞ」

たなびいている薄《うす》い雲に隠れるように、ノニとセレスは飛行した。はるか下には、壁がぐるりと街《まち》を囲んでいるのが見えた。

「よし、壁を越えた。これから偵察《ていさつ》行動に移《うつ》る。偵察用ゴーグルを装着《そうちゃく》せよ」

セレスの声に、ノニは目にしっかりとゴーグルをつけた。とたんに、暗かった街の細部までがはっきりと見えてきた。

壁の内側には、いくつもの守備隊《しゅびたい》が見えた。ノニはゴーグルの横のボタンを押《お》した。カシャッという音がして、写真データが腰《こし》につけた記録機に送られる。オルテシア共和国の最新技術《ぎじゅつ》だ。

ノニとセレスは、担当空域《たんとうくういき》を何度も旋回《せんかい》して、くまなく写真を撮《と》った。

「よし、こんなもんでいいだろう。もどるぞ」

セレスの声がしたときだった。

シュッと、頬《ほお》をなにかがかすめた。驚《おどろ》いてふりむいたノニは、そこに見なれぬ翼人《よくじん》が浮《う》かんでいるのを見た。その手にあるのは、麻酔銃《ますいじゅう》だった。

「見つかった！　逃《に》げろ！」

セレスの声と同時に、ノニは矢のように上昇《じょうしょう》した。あっという間に雲域《くもいき》に達したノニが下を見ると、セレスが敵《てき》の翼人相手に苦戦しているところだった。敵は糸のような捕獲網《ほかくもう》を投げて、セレスの翼《つばさ》をひっかけていた。

ノニは腰《こし》の軍剣《ぐんけん》を引き抜《ぬ》いて、急降下《きゅうこうか》した。そのまま、網《あみ》を切り裂《さ》き、セレスの翼から網をはずした。セレスは翼が自由になったとたん、一目散に逃《に》げだした。

後を追おうとしたノニの頬を、麻酔針《ますいばり》がかすめた。ふりむくと、敵の翼人がノニを狙《ねら》っている。ノニは旋回《せんかい》をしてふりきろうとしたが、敵もさるもの、ついてくる。

「だめだ、ふりきれない。どうすれば？」

ノニがセレスに無線で呼《よ》びかけたが、返事はなかった。顔を上げたノニの目に映《うつ》ったのは、既《すで》に壁《かべ》の向こうへと遠ざかっていくセレスの姿《すがた》だった。

（置いてかれた！）

だが、途方《とほう》に暮《く》れている時間はなかった。

シュッと、また麻酔針がかすめていった。敵はノニを生け捕《ど》ろうとしているらしい。ノニは急旋《きゅうせん》回《かい》を繰《く》り返したが、効《き》き目はなかった。

シュッ。三度目の発射《はっしゃ》だ。ノニはとっさに翼《つばさ》をすぼめた。針《はり》が当たったふりをして、きりもみするように落ちていく。敵《てき》は警戒《けいかい》を解《と》いて、ノニに追いついて捕《つか》まえようとした。その瞬間《しゅんかん》。

ガーン、とノニの銃《じゅう》が火を噴《ふ》いた。弾《たま》は敵の翼に当たった。ノニは同時に急上昇《きゅうじょうしょう》に転じて、あっという間に雲域《くもいき》に達すると、高速飛行で壁《かべ》に向かった。とにかく無我夢中《むがむちゅう》だった。

「よくやった。ノニ・パチャク」

突然《とつぜん》、無線機にだれかの声が入った。

見回したノニは、自分の横をだれかが飛んでいるのに気がついた。ラングレン中尉《ちゅうい》だ。無線に、中尉の声が響《ひび》いた。

「おまえは速いな」

「あ、ありがとうございます」

「このまま、高度を保《たも》って帰投しろ。敵が我々《われわれ》に気づいた。急げ」

「はい」

ノニは羽ばたいた。だが、となりの中尉は突然、高度を下げた。

「中尉？」

「わたしはちょっと用事があるんでね。先に帰っててくれ」

「用事？」

ノニの声に返事をせず、ラングレン中尉《ちゅうい》は翼《つばさ》を絞《しぼ》って急降下《きゅうこうか》した。その姿《すがた》を目で追ったノニは、気づいた。

一人の翼人《よくじん》が、敵《てき》に囲まれていた。ノニと同じ新人の一人だ。ラングレン中尉はそのど真ん中に飛びこむと、いきなり閃光弾《せんこうだん》を破裂《はれつ》させた。

目もくらむ光が走った。その中からよろよろと現《あらわ》れたのは、さっき囲まれていた新人だった。恐怖《きょうふ》にこわばった顔をして、後ろも見ずに必死で壁《かべ》を越《こ》えていった。ノニも続こうとしたが、気になってふりかえった。

「あっ」

そこにいたのは、三人の敵の翼人を相手に飛び回るラングレン中尉の姿だった。

翼人たちは中尉をとりまき、生け捕《ど》りにしようとしているようだった。捕獲網《ほかくもう》を投げて、中尉の翼をからめとろうとしている。その間を、中尉はすばやく旋回《せんかい》しながらかいくぐっていく。三人は追うが、中尉の速さにはついていけない。今しもふりきろうとしたとき、四人目の翼人が中尉の目の前に現れた。翼人は、銃《じゅう》を中尉に向けていた。

それを見たとたん、ノニの体は勝手に動いていた。

翼をすぼめ、音もなく翼人の背後《はいご》に急降下した速度で、翼のつけ根を軍剣《ぐんけん》で斬《き》りつけたのだ。

翼人はさけび声をあげてバランスを崩《くず》し、そのまま落ちていった。一瞬《いっしゅん》、あっけにとられたラングレン中尉《ちゅうい》は、ノニを見てさけんだ。

「急上昇《きゅうじょうしょう》！　行くぞ！」

「はいっ！」

ノニとラングレン中尉《ちゅうい》は、並《なら》んで急上昇した。雲域《くもいき》を越《こ》えてもさらに高く上がり、その速度を保《たも》って水平飛行に移《うつ》り、壁《かべ》を越《こ》えた。敵《てき》は追いつくことができなかった。

翼人《よくじん》部隊の天幕《てんまく》に舞《ま》い下りたノニは、急に体が震《ふる》えてきた。飛んでいるときはあんなに冷静だったのに、地面に足が着いたとたん、恐怖《きょうふ》が襲《おそ》ってきた。

手にまだ銃《じゅう》の重みが残っている気がする。ノニは、何度も手を開いたり閉《と》じたりした。銃を撃《う》ったのは初めてだった。たぶん、相手は死んではいないはずだ。だが、あのまま落下したから、死んだかもしれない。

ノニは、唇《くちびる》を噛《か》んで体の震えを止めようとした。その背後《はいご》で、声がした。

「もどってこられたのか、ノニ・パチャク」

セレスだった。セレスは、憎々《にくにく》しげにノニを見つめた。

「敵もたいしたことないな。おまえみたいな子どもを逃《に》がすとは」

ノニは黙《だま》ったまま、睨《にら》みつけた。そのときノニの横から、声がした。

「ノニは自力で脱出《だっしゅつ》してきたんだ。おまえとは大違《おおちが》いだな、セレス」

ラングレン中尉だった。セレスはあわてて敬礼《けいれい》した。

「中尉！　わ、わたしは、情報《じょうほう》を持ち帰ることを優先《ゆうせん》しただけです。見捨《みす》てたわけじゃ……」

「それにしては、逃《に》げ足が早かったな」

聞いていた周りの翼人《よくじん》たちが、じろじろとセレスを見た。セレスの顔が真っ赤になった。

「悪くすれば我々《われわれ》二人とも捕《つか》まってました。ならば、どちらか一方が情報を持ち帰ることは、妥当《だとう》な判断《はんだん》です」

「もういい。口ばかり達者な言い訳《わけ》は聞き飽《あ》きた。セレス、おまえはしばらく地上勤《きん》務《む》だ」

「中尉《ちゅうい》！　わたしは、違反《いはん》はしていません！」

「違反がどうという問題ではない。これは、信頼《しんらい》関係の問題だ」

「し、しかし、それじゃあ、こいつはだれと組むんです？　組む相手は他《ほか》には……」

「心配しなくていい。ノニはわたしと組む」

翼人たちがざわめいた。ノニは驚《おどろ》いてラングレン中尉を見た。ラングレン中尉は、あの斬《き》るような目線をノニに向けた。

「不満か、ノニ・パチャク？」

「い、いえ、とんでもありません。でも、おれでいいのかと……」

「おまえの飛行は見た。ロブス少佐《しょうさ》の眼《め》に狂《くる》いはなかったというわけだ。おまえは速い。わたしについてこられる。それで十分だ」

「……」

「今夜も偵察《ていさつ》飛行があるからな。日没前《にちぼつまえ》に集合だ。ゆっくり休め。今日はごくろうだった」

最後の声だけ優《やさ》しかった。立ち去ろうとしたラングレン中尉《ちゅうい》を、ノニは呼《よ》び止《と》めた。

「あ、あの、中尉！」

「なんだ？」

「質問《しつもん》があります。なんで敵《てき》は、我《われ》らを殺さずに生け捕《ど》ろうとしているのですか？」

「やつらは翼人《よくじん》を捕虜《ほりょ》にして洗脳《せんのう》し、カザールの部隊に組み入れようとしているのだ。浅はかなことよ。第一、我らがあんな連中に捕《つか》まるものか。だが油断《ゆだん》するなよ。最近はやつらも銃《じゅう》を使うからな」

ラングレン中尉はそれだけ言うと、自分の天幕《てんまく》にもどっていった。そのとたん、ノニは翼人たちに取り囲まれた。

「すごいよ、新人！　いきなり、中尉の相方に抜擢《ばってき》とはな！」

「おまえ、どんな飛び方をしたんだ？　あの中尉が見込《みこ》むとは、よっぽどだぞ」

「今まで、だれも中尉とは組めなかったんだ。中尉の速さについていけなかったからな」

その騒《さわ》ぎの輪の外で、セレスは青い顔で唇《くちびる》を噛《か》んでいた。そして暗いまなざしをノニに向けると、背《せ》を向けて自分の天幕にもどっていった。

ノニは、興奮《こうふん》する翼人たちの間を突破《とっぱ》して、なんとか自分の天幕にもどった。そのまま寝台《しんだい》に倒《たお》れて、目をつぶった。

頭がぐるぐると回っていた。銃を撃《う》った感触《かんしょく》、落下していった翼人、翼《つばさ》を斬《き》ったときに噴《ふ》き出した血。

訓練所では優等生《ゆうとうせい》だったノニだったが、実はなにも知らなかったことを思い知らされていた。

（翼人《よくじん》部隊に入るというのは、そういうことなんだ……）

ぶるっと震《ふる》える。

生きるか死ぬか。それが戦場なのだ。今までの訓練はすべて、敵《てき》を倒《たお》すためのものだった。

ノニは起き上がり、自分の荷物の中から小瓶《こびん》をとりだした。中に入っているのは、オルタに無理やり持たされたオーバニ酒だった。

ノニは小瓶のふたを開けると、いきなりぐいっと一口飲んだ。とたんに、喉《のど》の奥《おく》がぼっと火を噴《ふ》いたような気がした。

ノニは寝台《しんだい》に倒れこみ、目をつぶった。意識《いしき》がもうろうとする中、思い浮《う》かんだのは、ラングレン中尉《ちゅうい》の意思の強そうな横顔だった。

（おれは、あの人と飛ぶのか……）

そう思ったのが最後で、ノニは意識を失うように眠《ねむ》ってしまった。

翌日《よくじつ》から、ノニはラングレン中尉と飛んだ。そして、その飛行に舌《した》を巻《ま》いた。

ラングレン中尉の飛び方は、無鉄砲《むてっぽう》に見えてとても繊細《せんさい》で、大胆《だいたん》ながら細やかな気づかいもあった。甘《あま》えは許《ゆる》さず容赦《ようしゃ》しなかったが、とても優《やさ》しかった。いっしょに飛ぶだけで、ノニは多くを学ぶことができた。

ラングレン中尉《ちゅうい》は、手抜《てぬ》きを決して許《ゆる》さず、すべての任務《にんむ》を完璧《かんぺき》にこなした。もちろん、ノニにもそれを求め、ノニはその要求に応《こた》えることができた。

ノニとラングレン中尉の二人は、敵陣《てきじん》の奥深《おくふか》くまで飛び、貴重《きちょう》な情報《じょうほう》を持ち帰ることに何度も成功した。隊員たちは、その飛行を噂《うわさ》しあった。

「二人そろって、矢のように飛ぶんだぜ。敵にもあれほどの速さを出せる翼人《よくじん》はいない」

「この前なんて、十人の敵に囲まれたのを突破《とっぱ》したんだ。神業《かみわざ》だよ」

ある夜のことだった。偵察《ていさつ》を終えて帰投しながら、ノニは前を飛ぶラングレン中尉を見つめた。相変わらず、中尉は力強く、無駄《むだ》のない飛び方をしていた。中尉の意思の強さをそのまま表わしているようだ。しかし同時に、その羽ばたきに、人を寄《よ》せつけない濃《こ》い孤独《こどく》も感じてしまうのだ。

（中尉は、どうしてここに来たんだろう）

「ノニ！　何ぼんやりしている！　飛行が乱《みだ》れてるぞ」

無線機に中尉の声が入って、ノニはあわてて飛行に集中した。ラングレン中尉には、なにもかも見透《みす》かされてしまう。

翼人部隊の天幕《てんまく》に帰投し、偵察撮影《ていさつさつえい》の記録機を情報係に渡《わた》していると、ラングレン中尉がノニの肩《かた》を叩《たた》いた。

「ノニ、着替《きが》えたら、わたしの天幕《てんまく》に来い」

「はっ」

ノニは、飛行服を平服に着替《きが》えて、中尉《ちゅうい》の天幕《てんまく》に行った。中尉も私服《しふく》に着替えていた。シンプルなシャツに飛行ズボンのいでたちだったが、ノニは急に胸元《むなもと》が気になって、あわてて目をそらした。

「中尉。ご用でしょうか」

直立不動で敬礼《けいれい》をしているノニを見て、ラングレン中尉は軽く笑った。

「そんな堅苦《かたくる》しいあいさつはよせ。今は任務外《にんむがい》だ」

「はっ」

「おまえを呼《よ》んだのは、ちょっと聞きたいことがあってな」

「なんでしょうか」

「実は、前から気になっていたんだが……おまえは一流の飛行手だが、ときどき飛行が乱《みだ》れるな。特に敵地《てきち》の住民居住地《きょじゅうち》の上を飛んでいるときに」

「……」

「なにかあるのか」

ノニはためらった。だが、ラングレン中尉のまっすぐな灰色《はいいろ》の目を見て、話す気になった。

「翼《つばさ》がはえたばかりのころ、風に流されて、カザール自治連邦《れんぽう》の農民の家に落ちたことがあります。そこで、その農民の一家に助けられました。だから、一般《いっぱん》市民の家の上空を飛ぶと、その家族のことを思いだすんです。それに、そこで聞いた話も……」

「聞いた話？」

「はい。カザール自治連邦《れんぽう》は独裁《どくさい》でもなんでもなく、オルテシアより自由があるってことや、ソリド・マグマの採掘《さいくつ》をはじめたのはカザールが先だったたってこと……」

「シッ！」

ラングレン中尉《ちゅうい》は、あわててノニの言葉を止めた。

「滅多《めった》なことを言うな！　この天幕《てんまく》にも、生存保安部《せいぞんほあんぶ》の連中が入りこんでいるという話だ。聞かれたら大変なことになるぞ」

「……すみません」

ラングレン中尉は立ち上がり、瓶《びん》から赤い液体《えきたい》をグラスに注いで、一口飲んだ。

「事情《じじょう》は分かった。おまえの気持ちも分かるが、ここは戦場だ。少しの心の乱《みだ》れが死につながる。分かってるな」

「はい」

「……ここにいる者はみな、多かれ少なかれ、複雑《ふくざつ》な思いを抱《かか》えている連中ばかりだよ。みな、翼《つばさ》を得て追われてきた者ばかりだ」

ノニは顔を上げた。

「あの……中尉も、そうだったんですか？」

「もちろんだ。特にわたしは女だからな。わたしに翼《つばさ》がはえたことで、家族は村から追放された」

「じゃあ、今は中尉の家族はどこに？」

ラングレン中尉《ちゅうい》は、上を指さした。

「天国だ」

「え？」

「家族は放浪《ほうろう》の末、汚染地域《おせんちいき》に入ってしまってな。そこで死んだ」

「……」

「わたしは、自分の翼《つばさ》を呪《のろ》ったよ。自死することを考えた。それを救ってくれたのが、ロブス少佐《しょうさ》だった」

「では……中尉が翼人《よくじん》部隊にいるのは、少佐がいるからですか」

「はっきり聞くな。その質問《しつもん》に、わたしは答える気はないがな」

中尉は、グラスをぐいっと飲《の》み干《ほ》すと、ノニに向き直った。

「余計《よけい》なことは考えるな。おまえは任務《にんむ》を遂行《すいこう》することだけを考えて飛べ。そうしないと、命を縮《ちぢ》めることになる」

「わかりました」

「よし。わかったなら、今日からおまえは精鋭《せいえい》部隊だ」

「え？」

「飛行のうまいものを選んで、特別任務《にんむ》を与《あた》えることになった。喜べ。おまえもその一員だぞ。今日は、いつものように集合する前に、わたしの天幕《てんまく》に来い」

「はい」

ノニは、中尉《ちゅうい》の天幕《てんまく》を出た。そのとたん、男と鉢合《はちあ》わせしそうになった。セレスだ。セレスはノニを睨《にら》みつけると、うなるように言った。

「中尉に気に入られて、いい気になってるようだな、ノニ」

「別に、いい気になんてなってません」

「言っとくが、おまえが手柄《てがら》をたてているのは、中尉と飛んでいるからだ。おまえの実力じゃない。そのうち、おまえの化けの皮をひっぺがしてやるからな」

セレスは吐《は》き捨てるように言うと、立ち去った。ノニはため息をついて、その後ろ姿《すがた》を見送った。

日没前《にちぼつまえ》、言われたように中尉の天幕に行ってみると、ノニの他《ほか》、飛行のうまい翼人《よくじん》が十名ほどいた。

ラングレン中尉の横にいる人物を見て、ノニは息が止まった。

ロブス少佐《しょうさ》だった。少佐は前よりもさらに日に焼け、眼光鋭《がんこうするど》くなっていた。少佐の横には、知らない男が立っていた。ひょろっとしていて顔は生白く、紫紺色《しこんいろ》のローブを羽織《はお》っている。ノニは、直立で立ちながら、驚《おどろ》きを隠《かく》せなかった。

（特別市民だ）

今まで、特別市民と呼《よ》ばれる特権階級《とっけんかいきゅう》の人々を、ノニは見たことがなかった。彼《かれ》らのほとんどが首都ルスカに住んでいたし、普通《ふつう》市民と交わることはなかった。貴重《きちょう》な旧時代《きゅうじだい》の知識《ちしき》を受《う》け継《つ》いでいる彼らは、紫紺色《しこんいろ》のローブを着ることが許《ゆる》され、この国のあらゆる要職《ようしょく》を独占《どくせん》していた。ノニは、これまで特別市民を神々《こうごう》しい神のような人々だと勝手に想像《そうぞう》していた。だが、目の前にいる男は、日にあまり当たったことのなさそうな、ひ弱そうな男だった。少佐《しょうさ》の横に立っているとよけいにめだつ。その上、小鳥の卵《たまご》ほどの大きな石の指輪をして、その身を装飾品《そうしょくひん》で飾《かざ》りたてていた。男は、この天幕《てんまく》がさも臭《にお》うとでもいうように、口もとを常《つね》に布《ぬの》で押《お》さえていた。

ノニが翼人《よくじん》たちの列に並《なら》ぶと、少佐がラングレン中尉《ちゅうい》に言った。

「フローラ。これで推薦《すいせん》する翼人全員か」

「はい。どの者も、飛行は上級レベルの精鋭《せいえい》ばかりです」

ロブス少佐は見回して言った。

「諸君《しょくん》。諸君は、翼人部隊の中でも最優秀《さいゆうしゅう》だ。そこで諸君で精鋭部隊を作り、特別な任務《にんむ》についてもらうことになった」

ノニたちは、固唾《かたず》を飲んでロブス少佐の次の言葉を待った。ロブス少佐は微笑《ほほえ》んだ。

「これまで、我々《われわれ》の任務は夜間の偵察《ていさつ》飛行ばかりだった。だが、今後は積極的に戦闘《せんとう》に加われることになった。そこでまず諸君に、その先陣《せんじん》を切ってもらう」

ロブス少佐はそこまで言うと、特別市民の男に深く礼をした。

「レイシア様。どうぞ、お願いします」

レイシアと呼《よ》ばれた男は、鷹揚《おうよう》にうなずくと、黒い球を取りだした。

「あー、わたしはオルテシア共和国科学研究部長のレイシアだ。あー、これは、我々が開発した爆弾《ばくだん》だ。衝撃《しょうげき》を受けると多大な爆発力《ばくはつりょく》を持つ。きみたちは、これを上空から投下する。それだけだ」

細くて聞き取りにくい声だった。レイシアはそれだけ早口で言うと、後ろに下がり、疲《つか》れたように椅子《いす》に座《すわ》ってしまった。ノニはなんだかがっかりした。

（こんな男が、ほんとうに特別市民なのか？）

レイシアに替《か》わって、ロブス少佐《しょうさ》が続きを説明しはじめた。

「投下するのは、敵《てき》の重要軍事拠点《きょてん》だ。この作戦で、我々は敵に大打撃《だいだげき》を与《あた》えることができる。今まで以上に、我《われ》ら翼人《よくじん》部隊が貢献《こうけん》することができるようになるのだ」

「……」

「だが、これは戦闘行為《せんとうこうい》だ。これまで以上の激《はげ》しい攻撃《こうげき》を受けることも考えられる。しかし諸君《しょくん》の飛《ひ》行術《こうじゅつ》ならば、きっとその攻撃をかわすことができよう」

ロブス少佐は、どんと机《つくえ》を叩《たた》いた。

「我々、翼人《よくじん》の力を、見せてやろうではないか。そのためには諸君の力がいる。やってくれるか」

おおーっという歓声《かんせい》が上がった。翼人たちは腕《うで》をふりあげ、歓喜《かんき》で顔を真っ赤にしている。だが、
ノニはそこまで喜ぶことはできなかった。

ロブス少佐は、満足げに隊員たちを見回した。

「隊の指揮《しき》はラングレン中尉《ちゅうい》がとる。フローラ、頼《たの》んだぞ」

「お任《まか》せください、ロブス少佐」

ノニたち精鋭部隊《せいえい》は、いつにない重装備《じゅうそうび》をさせられた。ノニも防弾服《ぼうだんふく》を着たが、重くてしかたがなかった。

爆弾《ばくだん》が配られた。一人五個《こ》ずつ、腰《こし》のベルトのポケットに入れる。間違《まちが》っても信管を引き抜《ぬ》いてはいけない。ノニは、震《ふる》える気持ちで爆弾を手に取った。それは予想以上に軽かった。

「出撃《しゅつげき》！」

ラングレン中尉《ちゅうい》の声に、精鋭部隊は飛び立った。闇《やみ》にまぎれて壁《かべ》を越《こ》える。いつものような、壁周辺の偵察《ていさつ》ではない。さらに奥《おく》にいくのだ。

飛びながら、ノニは地上を見た。奥に行けば行くほど、そこに広がるのは住宅街《じゅうたくがい》だった。たくさんの家が並《なら》び、灯《ひ》がともっている。

ノニは、マルカのことを思い出した。マルカの笑顔《えがお》、ステナのおいしい手料理、リアンの温かい手。あの灯のひとつひとつには、そうした家族が暮《く》らしているはずだ。彼《かれ》らは、自分たちの頭上を敵《てき》の翼《よく》人《じん》が飛んでいるとは夢《ゆめ》にも思ってないだろう。

「ノニ、何してる！　飛行経路《けいろ》がはずれてるぞ」

編隊《へんたい》から離《はな》れかけているのに気づいて、ノニはあわてて進路を直した。

「ぼんやりするな！　敵に見つかったらどうする！」

「すみません！」

「気をつけろ。もうすぐ、投下地点にくる。合図をしたら、一斉《いっせい》に投下し、急旋回《きゅうせんかい》して帰投する。

いいな」

「はっ」

住宅街《じゅうたくがい》の中に、大きな建物が見えてきた。なにかの倉庫のようだ。その真上に来たとき、ラングレン中尉《ちゅうい》の声が響《ひび》いた。

「投下！」

隊員たちは一斉に、爆弾《ばくだん》を落とした。ノニも、目標上空に来たタイミングを見計らって、爆弾を投下した。

「あっ……」

爆弾は風に流され、目標から大きくそれていく。その先にあるのは、小さな灯《ひ》のともる家だ。ドーンという激《はげ》しい音と共に、火が燃《も》え広がった。

「急旋回！　帰投する！」

中尉の声に、編隊《へんたい》はひらりと旋回をし、高速飛行で帰投しはじめた。ノニも編隊を崩《くず》さないように飛びながら、体中、ぐっしょりと汗《あせ》をかいていた。こんな気持ちの悪い汗をかいたことは、今までなかった。

壁《かべ》を越《こ》え、天幕《てんまく》にもどってきた精鋭《せいえい》部隊は、歓声《かんせい》で迎《むか》えられた。

「よくやった！　おまえたちは、翼人《よくじん》の誇《ほこ》りだ！」

精鋭部隊の翼人たちは、晴れやかな顔で歓声に応《こた》えた。だが、ノニはそんな気持ちになれなかった。

防弾服《ぼうだんふく》をぬぐと、自分の天幕《てんまく》にもどった。

動悸《どうき》がおさまらない。

目に焼きついている。風にそれた爆弾《ばくだん》が落ちていった小さな民家。爆弾が当たったとたん民家は吹《ふ》き飛《と》び、炎《ほのお》に包まれた。そこにいた人たちがどうなったのかまでは分からない。だが、あの爆発《ばくはつ》では命はなかっただろう。

ノニは、手の震《ふる》えを必死で押《お》さえた。

(しかたがないんだ。これは戦争なんだから。おれは、悪くない。おれは任務《にんむ》を遂行《すいこう》しただけだ)

ノニは、オルタのオーバニ酒を取りだし、ぐいっとあおった。火のように燃《も》える液体《えきたい》が胃に落ちたとたん、吐《は》き気《け》に襲《おそ》われた。ノニは飲んだばかりのオーバニ酒と酸《す》っぱい液体《えきたい》を吐きだした。熱でもあるかのように体が火照《ほて》った。ノニは寝台《しんだい》に倒《たお》れ、目をつぶった。だが気味悪い夢《ゆめ》ばかりを見て、何度も目を覚ました。

(おれは悪くない。悪くない)

ノニはただ、呪文《じゅもん》のように自分に言い聞かせることしかできなかった。

翌日《よくじつ》も、精鋭《せいえい》部隊は爆弾を持って飛行した。ノニは、軍事施設《しせつ》だけに当たるように、十分注意をして投下したが、それでも半分は風に流されてしまった。出撃《しゅつげき》を終え帰投したノニは、もう我慢《がまん》できなかった。

「ラングレン中尉《ちゅうい》。お話があります」

ノニが中尉の天幕《てんまく》に飛びこむと、そこには、中尉の他《ほか》にロブス少佐《しょうさ》とレイシアというあの特別市民もいた。だが、ノニはかまわず話しだした。

「中尉。今回の作戦ですが、爆弾《ばくだん》が軽過《かるす》ぎます。あれでは風に流されて、目標に当たりません。もっと重くしないと……」

「なんだと！　きみは、わたしの作ったものに文句《もんく》をつけるのかね！」

いきなり横から金切り声をあげたのは、レイシアだった。ノニはあわてた。

「い、いえ、とんでもありません。ただ、今回、目標に当たったものはわずかで、ほとんどは周辺の民家に落ちたように思ったので……」

「思った？　なんだ、その答えは！　わたしは、あれをわざと軽くしたんだぞ。重かったら、きみたちの飛行に支障《ししょう》が出るだろう？　それなのに、軽過ぎて当たらないだと！　自分の狙《ねら》いが不正確《ふせいかく》なのを棚《たな》に上げて、わたしのせいにするとは！」

「申《もう》し訳《わけ》ありません、レイシア様。この者は翼人《よくじん》部隊でも最年少の者でして、少し、言葉の使い方が乱暴《らんぼう》なのです。決して、レイシア様を非難《ひなん》しているわけではありません。お許《ゆる》しください」

深々と頭を下げたのは、ロブス少佐だった。ノニは驚《おどろ》きで声も出なかった。

翼人部隊の英雄《えいゆう》、ロブス少佐が、こんな男にへこへこしているのだ。レイシアは、顎《あご》を突《つ》き上げた。

「ふん、ロブス君がそこまで言うなら、しかたない。今回だけは許してやる。特別市民に無礼をするというのは、国家反逆罪《はんぎゃくざい》も同然なんだぞ。思想矯正収容所《きょうせいしゅうようじょ》に送られてもしかたないのだ」

「この者にはわたしから、よく言っておきます。寛大《かんだい》なご配慮《はいりょ》、感謝《かんしゃ》いたします」

ロブス少佐《しょうさ》はそう言うと、目で中尉《ちゅうい》に合図をした。中尉はノニの腕《うで》をつかんで、半ば引きずるように天幕《てんまく》から連れだした。

「中尉。お、おれは、なにも悪いことは……」

「特別市民にたてつくことは、悪いことだぞ、ノニ」

「たてついたんじゃない。実戦で感じたことを言っただけです。それで改良していかなければ、どうにもならないじゃないですか。中尉もそう思ったんじゃないんですか？」

「……ノニ、覚えておけ。特別市民に意見することなど、我々《われわれ》はしてはいけないのだ」

「そんな！　じゃあ、これからも、あの爆弾《ばくだん》を使わなくちゃいけないんですか？」

「我々の投下精度《せいど》を上げていけばいいことだ。今日は出撃前《しゅつげきまえ》に、投下訓練をしてから行く。分かったな」

「……」

その日、投下訓練をしてから、ノニたちは出撃した。風を計算して投下する練習を重ねたおかげで、投下の精度は上がったが、それでも半分くらいはずれた。ノニは、持たされた爆弾を半分も投下しないで帰ってきた。ほかの隊員たちのように、不確実な投下をすることができなかった。

昨日にも増して、疲《つか》れ切って帰ってきたノニは、机《つくえ》の上に箱が置いてあるのを見つけた。中に入っていたのは、ノニがこれまでユマばあに送った手紙だった。同封したお金もそのまま、封を開けた形跡もなかった。箱の上に置かれた紙を見て、ノニはヘナヘナとすわりこんだ。

『宛先人死亡につき、返送いたします。郵便係』

「ユマばあ……うそだろ。どうしてだ？」

ノニは駆《か》けだして、郵便係をつかまえて聞いた。だが、郵便係はなにも知らなかった。ノニは、ガルデア市にまで長距離無線をかけた。が、結局分かったのは、ユマばあは病死したこと、遺体はすでに共同墓所に埋葬されたこと、それだけだった。

自分の天幕《てんまく》にもどってくると、ノニは箱を抱《だ》き、顔を埋《うず》めた。

――おまえは、生きのびるんだ。

そう言ったユマばあの声が、今も聞こえる気がした。

（ユマばあ。おれは生きてる。でも、……ユマばあ、おれはどうしたらいいんだ？）

ノニは声を押し殺して泣いた。その姿《すがた》を、天幕のすきまから男がのぞいていた。セレスだ。セレスは暗い微笑《びしょう》を浮かべると、立ち去った。

2

翌日《よくじつ》の夜だった。出撃《しゅつげき》を終えて帰ってきたノニは、突然《とつぜん》、黒服の男三人に囲まれた。

「ノニ・パチャクだな」

「そうですが」

「生存保安部《せいぞんほあんぶ》だ。おまえが危険《きけん》思想を持っているという密告《みっこく》があった」

ノニは驚《おどろ》いた。

「おれが？　そんな思想、持っていません」

「だが、おまえは話していたそうじゃないか。ソリド・マグマを発見・採掘《さいくつ》したのは、オルテシア共和国ではなく、カザール自治連邦《れんぽう》だと」

「それは……」

「きみの荷物は検査《けんさ》させてもらった。これは何だ？」

男は、ノニの古い鞄《かばん》の中から紙束を取り出した。

「それは……『飛翔学《ひしょうがく》』という書物を写したものです」

「飛翔学？　そんな書物は、見たことも聞いたこともないぞ。どこにあった書物だ？」

「……訓練所にあったものです」

「訓練所？　それはほんとうか？　調べてなかったら、偽証罪《ぎしょうざい》も加わるぞ」

「生存保安部が、ここに何の用だ？」

割《わ》りこむように入ってきたのは、ラングレン中尉《ちゅうい》だった。中尉は、あの斬《き》るような目で男を見下ろした。だが、男は平然としていた。

「ラングレン中尉。われわれは、ノニ・パチャクが危険《きけん》思想を持っているという密告《みっこく》を受けて調査《ちょうさ》しているだけです。あなたにも確認《かくにん》しようと思ってました。ノニ・パチャクが、ソリド・マグマを最初に発見・採掘《さいくつ》したのはカザール自治連邦《れんぽう》だとあなたに話したそうですが、ほんとうですか？」

中尉《ちゅうい》は笑った。

「どこからそんなでたらめを聞いたのか知らないが、ノニ・パチャクは翼人部隊《よくじん》のエースだ。危険思想だと？　笑わせるな。そんなばかげた噂話《うわさばなし》を真に受けるのか？　生存保安部《せいぞんほあんぶ》は暇《ひま》なんだな」

男は中尉を蛇《へび》のような目で睨《にら》みつけた。

「シェルター時代の昔から、この国の保安が守られてきたのは我々《われわれ》のおかげだ。ふん、翼人部隊のエースだと？　おまえらの活躍《かつやく》などなくても、まもなく新型兵器《へいき》ができあがる。それさえあれば、おまえらの翼《つばさ》など必要ないのだ」

中尉の赤い髪《かみ》は怒《いか》りのあまり、ほんとうに燃《も》え上がりそうに震《ふる》えていた。

「おまえたちが我々をずっと監視《かんし》していることは知っている。いまだに翼は邪悪《じゃあく》だという迷信《めいしん》にとらわれ、事あれば我々をつぶすつもりなのもな！　だが、そうはいかない。わたしの目が黒いうちは、わたしの部下を勝手に調べることは許《ゆる》さん！」

男は、ふふっと笑った。

「残念だな。密告《みっこく》したのは、あなたの部下だ」

「知っている。果物の箱の中には、必ず腐《くさ》ったものがあるものだ。それを取り除《のぞ》くのは、わたしの仕事だ」

男は、後ろの二人の男たちに合図をした。

「今日のところは帰りましょう。ですが、ノニ・パチャクへの嫌疑《けんぎ》が晴れたわけではありませんよ」

「おまえたちのやり方は、上に厳重《げんじゅう》に抗議《こうぎ》させてもらう」

「どうぞ、ご勝手に」

男は不敵《ふてき》にそう言うと、二人を引き連れて出ていった。ラングレン中尉《ちゅうい》はその背中《せなか》を睨《にら》みつけるように見送ると、ノニに言った。

「ちょっと、わたしの天幕《てんまく》に来い」

「はい」

ノニは、中尉についていって天幕に入っていった。中尉は、厳《きび》しい表情《ひょうじょう》で椅子《いす》に座《すわ》った。

「生存保安部《せいぞんほあんぶ》は一度目をつけたらしつこいぞ。くれぐれも言動には気をつけろ。少しでも疑《うたが》いをもたれるようなことがあったら、奴《やつ》らはすぐそこにつけこんでくる」

「……はい」

中尉は、ノニの顔を心配そうにのぞきこんだ。

「どうした、ノニ？　なにかあったか？　顔色が悪いが」

「……いえ、なんでもありません」

「そうか。ならいいが……実は、前から聞こうと思っていた。ノニ、爆弾《ばくだん》を全部投下しないのはなぜだ」

「それは……風がよくないからです。目標に確実に当たるようにしていると、どうしても使い切れないのです」

「だが、全弾投下が命令だ」

「……しかし、それでは民家に当たります。おれには、不正確《ふせいかく》な投下はできません」

「そうか……分かった」

中尉《ちゅうい》は、腕《うで》を組んだ。

「ノニ、おまえを精鋭《せいえい》部隊からはずす」

「中尉！」

「軍というのは、どんな命令でも、命令通りに動ける者が必要なのだ。それができないものには用はない」

「……」

「だが、おまえには特別任務《にんむ》を与《あた》える」

「特別任務？」

「そうだ。実はな、裏切《うらぎ》り者の情報《じょうほう》があったのだ」

中尉《ちゅうい》は、ぱらりと一枚《いちまい》の紙を取りだした。

「オルテシア軍の情報を流し、カザール軍を手助けしている者がいるらしい。そいつが、このロハの敵陣地《てきじんち》の、軍事拠点《きょてん》周辺で目撃《もくげき》された。そいつを捜《さが》しだして連行するのだ」

「その裏切《うらぎ》り者の特徴《とくちょう》は？」

「喉《のど》に小さな機械のようなものを巻《ま》きつけた、若《わか》い男だそうだ」

「……」

「悪いが、この任務《にんむ》に人員はさけない。おまえ一人でやらなくてはならない。その上、情報はこれしかない。これで捜すのはむずかしいが、ノニ、おまえは隊の中で一番目がいい。やってくれるな？」

「わかりました」

中尉はうなずいた。

「よし。頼《たの》んだぞ」

「はっ」

ノニは敬礼《けいれい》をすると、中尉《ちゅうい》の天幕《てんまく》から出た。

精鋭《せいえい》部隊からはずされて、くやしいはずなのに、どこかほっとしている自分がいた。

（これ以上、あの爆弾《ばくだん》を落とさなくていいんだ）

ノニは空を見た。明け方近くの空は明るんで、その中を渡《わた》りの旅に向かう鳥たちが飛んでいく。

ノニは、急に思い出した。まだ学舎《がくしゃ》にいたころ、飛びたくて見上げた空にも、渡り鳥たちが飛んでいた。あのときは、うらやましくてならなかった。

今、ノニは空を飛んでいる。それなのに、やっぱりあの鳥たちがうらやましかった。

（おれは翼《つばさ》を得た。高度な飛行技術《ぎじゅつ》も身につけた。自分の居場所《いばしょ》も見つけた。でも……おれはあの

とき飛びたかったようには、飛んでいない）

今、ノニは任務《にんむ》を背負《せお》って飛んでいた。それは、あのころ望んでいた飛翔《ひしょう》ではなかった。

（おれは、なんで飛びたかったんだろう。どうして翼《つばさ》がほしかったんだろう。おれの飛ぶ意味は、なんだったんだろう）

どこかで道がずれた。飛び方が、大きく変わってしまった。そんな気がした。

（でも、どうすればよかったというんだ？　ユマばあ、おれは、おれのやれることを精《せい》いっぱいしてきただけなのに）

ふいに、ノニは思い出した。イアンの『飛翔学』の言葉を。

『飛翔する者は、常《つね》に己《おのれ》の飛翔の意味を問うべし。飛翔に答えはなく、またひとりとして同じ飛翔はなし。己の飛び方は、己で探《さぐ》るのみ。』

「イアン……おまえに会えたら」

ノニは、遠ざかっていく渡《わた》り鳥の群《む》れをいつまでも見つめていた。

3

夜がきた。

ノニは、精鋭《せいえい》部隊とともに出撃《しゅつげき》し、途中《とちゅう》から別れて単独《たんどく》飛行になった。

地上に広がるのは、廃墟《はいきょ》となった街《まち》だった。まだきな臭《くさ》い匂《にお》いが漂《ただよ》う中、家を失った人々が茫然《ぼうぜん》とした様子で座《すわ》りこんでいた。中には小さな体を抱《だ》いて泣きさけんでいる女性《じょせい》もいる。ノニは胸《むね》がきりきりと痛《いた》んで、目をそむけた。

崩《くず》れた家から家族を助けようと、必死に瓦礫《がれき》をかきわける男たち。表情《ひょうじょう》をなくして立ちすくんでいる子ども。道の隅《すみ》に置かれた死体。

（おれの落とした爆弾《ばくだん》が当たったたんだろうか）

ノニは、寒気が止まらなかった。

ふとノニは、街の一画に人が集まっているのを見た。けが人が次々と運ばれ、一人の男が手当てをしている。フードをかぶって顔はよく見えない。ノニは偵察用《ていさつよう》ゴーグルの感度を上げた。

「あっ」

喉《のど》の部分にベルトのようなものが巻《ま》かれ、小さな機械がとりつけられている。

（あいつだ）

ノニはだれにも見られないように、慎重《しんちょう》に近くの家の屋根に舞《ま》い下りた。男は、運ばれてきたけが人の治療《ちりょう》を済《す》ませると、立《た》ち上がって一人、歩き出した。

ノニは、こっそりと後を尾《つ》けていった。男が向かったのは、小さな井戸《いど》だった。男は、そこの水をくみはじめた。

周りにはだれもいなかった。ノニは音もなく、男の背後《はいご》に回った。銃《じゅう》を取りだし、銃口を向ける。

「動くな」

ノニの声に、男はびくっとして手を止めた。井戸《いど》の桶《おけ》が、がらーんと音をたてて落ちた。

「手を上げて、ゆっくりとこっちを向け」

ノニの声に従《したが》って、男は両手を上げてこちらを向いた。

ノニは、息を飲んだ。

男も、驚《おどろ》きで目を見開いた。

「ノニ！」

「イアン！」

二人の声が重なった。

二人は信じられないように、お互《たが》いを見た。

イアンは前より痩《や》せていたが、日に焼けて精《せい》かんな顔つきになっていた。カザール風の服を着て、その目は前よりはるかに生き生きしていた。

ノニは、銃《じゆう》を下ろした。

「イアン。どうしてここに？」

「……」

イアンは答えず、ノニの背中《せなか》を見た。

「ノニ。翼《つばさ》がはえたんだな？」

「ああ。イアン、おまえをずっと探《さが》していた。約束を果たすために」

しかし、イアンは笑わなかった。ノニの紺色《こんいろ》の制服《せいふく》と、手に持っている銃《じゅう》を見た。

「きみは軍隊に入ったのか」

「ああ。知っているかもしれないが、翼人《よくじん》部隊というのができたんだ。おれは少佐《しょうさ》に命を救われて、部隊に入った」

「……」

「イアン、おまえはどうしてたんだ？　病院から逃《に》げたと聞いたが、その後は？」

「ぼくは、北のピウラ山に行こうとしたんだ。今でも、翼人の村があるかもしれないと思って……だけど、発作《ほっさ》が起きて死にそうになった。それを、助けてもらったんだ。カザール自治連邦《れんぽう》の翼人《よくじん》に」

「……」

「カザールの病院で、ぼくはすっかり良くなった。ノニ、驚《おどろ》くべきことだが、今、科学力ではカザール自治連邦《れんぽう》のほうがはるかに上なんだ。なぜだか分かるか？　オルテシアは特別市民だけに知識《ちしき》を囲いこんだ。だから、旧時代《きゅうじだい》以上には発展《はってん》しないどころか、後退《こうたい》したんだ。だけど、カザール自治連邦では、知識を公開して自由に学ばせ、さらに発展させたんだ。医療《いりょう》にしてもそうだ。これが何だか分かるか？」

イアンは、喉《のど》にベルトでつけている小さな箱のような機械を指さした。

「これは、ぼくの肺《はい》の機能《きのう》の一部を肩代《かたが》わりしてくれる機械なんだよ。これのおかげで、ぼくは前より元気になって、自由に動けるようになったんだ」

「そうだったのか。よかったな、イアン」

「ああ。ぼくはもう一度、人生をもらった。だからカザールで医療《いりょう》を習って、ここでけが人の治療《ちりょう》をしているんだ。まだまだ見習いだけど、少しでもオルテシアの罪滅《つみほろ》ぼしをしたくて」

ノニは、ほっと息をついた。

「じゃあ、おまえは裏切《うらぎ》り者じゃないんだな？」

「裏切り者？」

「オルテシアの情報《じょうほう》をカザールに流している者がここにいるって情報があったんだ。それで、喉《のど》に機械をつけた者を捜《さが》していた。でも、偽情報《にせじょうほう》だったんだな」

イアンは表情《ひょうじょう》を動かさず、じっとノニを見つめた。

「……ぼくは、自分を裏切り者だと思ったことはないよ。ぼくは、体が弱かった。だからだれより、命のもろさと尊《とうと》さが分かっているつもりだ。カザールもオルテシアもなく、ぼくは命を守りたいんだ。そのためにできることはなんでもする。だから、必要だと思ったことは、カザールに全《すべ》て話した」

「えっ。じゃあ、やっぱりおまえが？」

イアンは答えず、ノニの鉛色《なまりいろ》の翼《つばさ》を見た。

「……ノニ。きみは、ぼくのあげた『飛翔学《ひしょうがく》』を読んでくれた？」

ノニはうなずいた。

「もちろん。暗記するくらい読んだ」

「それなら、なぜ翼人部隊《よくじんぶたい》に？」

「それは……」

答えに詰《つ》まったノニに、イアンは静かな声で言った。

「この街《まち》を見ろ。たくさんの人が死んだ。たくさんの家が壊《こわ》された。すべては、オルテシア共和国の翼人部隊がしたことだ」

「……」

「ノニ、オルテシアは、シェルター時代の昔は、たしかに〈明日への希望〉だった。だが今は、特別市民と国家元首が富《とみ》を吸《す》い上げ、国民に気づかせないように翼《つばさ》を奪う、歪《ゆが》んだ国家になってしまった。きみはその片棒《かたぼう》を担《かつ》いでるんだぞ。自分がどれほど恐《おそ》ろしいことをしているか、気づいてないのか。きみが翼をほしかったのは、こんなことをしたかったからか？」

「イアン」

「ぼくは、きみにずっと会いたかった。きみはきっと翼を得て、空を飛んでいるはずだと信じていたよ。きみが空からどんな景色を見たか、教えてもらうのを楽しみにしていた。だけど、こんな飛び方をしているきみには会いたくなかった」

「おまえには分からないよ、イアン！」

ノニは、吐《は》きだすようにさけんだ。

「おまえには、分からない。空を飛ぶということが、どれほど孤独《こどく》で辛《つら》いことか。おれがどんなにおまえに会いたかったか！　だけど、おまえはいなかった。おれは独《ひと》りで飛ぶしかなかった」

「ノニ……」

「おまえの『飛翔学《ひしょうがく》』を、おれは何度読んだことか！　でも、答えはなかった。飛んで見えたものは、学舎《がくしゃ》で教えられたものとは全く違ってた。おれは、どうすればいいか、分からなくなった。不安でたまらなかった。そんなとき、少佐《しょうさ》が助けてくれたんだ。おれが護衛兵《ごえいへい》に撃《う》たれて死にそうになったのを。それで、訓練所に入れてくれた」

ノニは、血走った目でイアンを睨《にら》んだ。

「他《ほか》に、どうすればよかったと言うんだ！　おれには、こうするしかなかった」

「……」

長い沈黙《ちんもく》が続いた。イアンは、ぽつりとつぶやいた。

「……分かったよ、ノニ」

「……」

「なにも知らないで責《せ》めたりして、すまなかった」

「……」

「でもノニ、きみは今、ほんとうに飛んでいるのか？　きみは翼《つばさ》を落とされこそしなかったが、別の方法で翼を奪《うば》われたんだと思う。きみが、きみの飛びたい飛翔をしなかったら、きみは翼がないも同じじゃないか」

ノニは、唇《くちびる》を噛《か》んだ。イアンの言うことは、一言一言が胸《むね》に突《つ》き刺《さ》さった。ノニはうめいた。

「……しかたないんだ、イアン。おれはこの飛び方を選んでしまった。もう変えられない」

「今まではそうだ。でも、これからは違うだろう？　もう一度、自分の飛翔《ひしょう》をとりもどすんだよ、ノニ。きみは、こんな風に飛びたかったんじゃないだろう」

「無理だ、イアン」

「無理じゃないよ、ノニ。ぼくがいる」

えっ、とノニはイアンを見た。イアンは明るい目でノニを見ていた。

「約束しただろう？　ぼくを抱《かか》えて飛んでくれるって。これからは、ぼくがきみといっしょにいる。ぼくもいっしょに、飛び方を探《さが》す。だから、もう一度、考えよう、ノニ。きみは、こんな飛び方はしたくないはずだ」

銃《じゅう》をもつノニの手から力が抜《ぬ》けた。がちゃん、と音をたてて銃が落ちた。

「イアン……ほんとうに？　いっしょに飛んでくれるのか？」

「ああ。ぼくは、ずっとそうしたかった」

「イアン、おれもだ。おれも、おまえにずっと会いたかった」

二人が歩《あゆ》み寄《よ》ろうとしたときだった。

「ノニ・パチャク！」

空中から、声が響《ひび》いた。見上げたノニは、驚《おどろ》いて声をあげた。

屋根の上にいたのは、セレスだった。セレスは、銃《じゅう》をイアンに向けていた。

「セレス！　どうしてここに！」

「生存保安部《せいぞんほあんぶ》の命令で、おまえを尾《つ》けてきたんだよ。おれは、ずっとおまえを怪《あや》しいと思ってたんだ。やっぱりな。裏切《うらぎ》り者と内通していたのか」

「違《ちが》う」

「今度こそ、言《い》い逃《のが》れはできんぞ。おまえら二人とも、おれが連行する。これであの女も、おれの事を認《みと》めるだろう」

「セレス、違う！　イアンは裏切り者じゃない。ただ、ここでけが人を治療《ちりょう》しているだけだ」

「敵《てき》の治療？　それが裏切りっていうんだよ！　おっと、動くなよ！　動いたら、こいつの心臓《しんぞう》に穴《あな》が開くぞ」

銃を取ろうとしたノニに、セレスがさけんだ。ノニは動きを止め、セレスを睨《にら》みつけた。

そのときだった。

「イアン！　アル・セ・ト・ニナ……」

カザール語でなにか言いながら、男の子が走ってきたのだ。反射的《はんしゃてき》に、セレスの銃が動いた。ノニがさけんだ。

「撃《う》つな！」

ガーン
銃声《じゅうせい》が響《ひび》いた。ノニは飛んでセレスに体当たりし、セレスの手から銃が吹《ふ》っ飛《と》んだ。二人はもつれあうように屋根から転がり落ちた。しばらくもみあってノニはセレスを組み敷《し》き、殴《なぐ》りつけた。セレスがぐったりすると、ノニは男の子の方を見た。

男の子は、イアンに抱《かか》えられて、目を真ん丸に見開いていた。そのイアンの背中《せなか》に、みるみる赤いしみが広がっていく。

「イアン！」

ノニはさけんで駆《か》け寄《よ》った。イアンは胸《むね》を押《お》さえながら、男の子に優《やさ》しくカザール語で話しかけた。

男の子はわっと泣きだし、向こうに駆《か》けていった。

イアンが、がくりと膝《ひざ》をついた。ノニはその体を支《ささ》えた。

「イアン！　イアン！　しっかりしろ」

「ノニ……」

「待ってろ。今、医者を連れてくる」

翼《つばさ》を広げて飛ぼうとしたノニの腕《うで》を、イアンがつかんだ。

「ノニ。いいんだ」

「なにがいいんだ？　早く血を止めないと、死んじまうぞ！」

「ノニ。これでもぼくも医者の卵《たまご》だ。このけががどんなものかは、自分でよく分かる」

「ばかを言うな！　今すぐ手当てすれば……」

「この出血量では、もたない」

「そんなことない！　血なんか、すぐ止めてやる！　おまえは、おれと飛ぶんだ！」

ノニは言いながら、イアンの服を破《やぶ》って傷口《きずぐち》を見た。傷口からは血がわきだしていた。ノニは自分の服を切り裂《さ》き、傷口に押し当てた。イアンがうめいた。

「イアン！　あきらめるな！　おれが絶対《ぜったい》おまえを助ける。だから死ぬな。お願いだ！」

「ノニ……」

「なんだ、イアン」

「約束してくれ」

「何をだ？」

「きみは……これからは自分の飛翔《ひしょう》をすると」

「イアン」

「きみはこれからは……だれかの命令で飛ぶんじゃなくて……きみが心から望む……飛び方をするんだ……約束してくれ」

「イアン、しゃべるな」

「ノニ……きみは、国のためでも……なんでもなく……きみ自身のために……飛ぶんだ」

「イアン、イアン」

イアンの体から力が抜《ぬ》けていく。ノニはイアンを抱《だ》きかかえ、翼《つばさ》を広げた。

「死ぬな、イアン！　今、医者のところに連れていく！」

ノニは飛び立った。

イアンの体は、ずっしりと重かった。ノニは地上を必死で探《さが》した。

「医者は！　医者はどこだ！」

「ノニ……」

イアンの手が、ノニの腕《うで》をつかんだ。

「今、飛んでいるのか？」

「ああ、イアン。飛んでいるよ」

イアンは首を横に向け、地上を見た。

「ほんとうだ。飛んでいる……」

「イアン……」

「夢《ゆめ》だった……飛ぶのが。夢が、かなった」

「イアン。しゃべるな。絶対《ぜったい》におれは、おまえを助ける」

「……いいんだよ、ノニ……ぼくは、空を飛べた」

「イアン？」

ノニは腕の中で、イアンの力が消えていくのを感じた。急にイアンの体が重さを増《ま》した。

「イアン！　イアン！」

イアンの目は、もうどこも見ていなかった。ノニがどれほどさけんでも、その声はもう届《とど》くことはなかった。

「イアン！」

ノニの声に、地上にいたカザールの人々が空を見上げ、騒《さわ》ぎだした。

腕の中で、イアンの体が冷たくなっていくのをノニは感じた。イアンの顔は安らかだった。ノニはイアンを抱《だ》きしめた。

「イアン……どこに行きたい？　おれが、どこでも連れてってやる」

返事はなかった。しかし、ノニには、イアンの声がはっきりと聞えた。

「……ピウラ山か？　よし、行こう。いっしょに」

ノニは羽ばたいた。地上のことも、翼人《よくじん》部隊のことも、すべてノニの頭からは消えていた。

行く手には、白く雪をかぶったピウラ山があった。ノニはまっすぐ線のように飛んでいった。

第七章　飛翔《ひしょう》

1

ピウラ山。

大陸で最も高く、その神々《こうごう》しい姿《すがた》から、登ることはもちろん、近づくことも禁《きん》じられた神の山。

その雪をかぶった中腹《ちゅうふく》に、ノニは降《お》り立った。

凍《こご》える寒さだった。だが、ノニは寒さを感じなかった。

イアンは、静かに眠《ねむ》っていた。ノニは真っ白な雪の上にイアンを下ろした。

「イアン。来たぞ。ピウラ山だ」

「……」

「イアン、許《ゆる》してくれ。おれは、もっと早くおまえに会うべきだった。おまえと飛ぶべきだった」

「……」

イアンの青ざめた顔に、雪が降《ふ》りかかった。

寒さに体の血が凍《こお》りついていくような気がした。ノニは空を見上げた。厚《あつ》い雲から、白い雪が舞《ま》い降《お》りてくる。きっと、もうすぐ雪嵐《ゆきあらし》になる。でも、ノニは動く気にならなかった。イアンの側にいたかった。

「イアン。もう一度、あの〈図書館〉のころにもどれたらなあ」

「……」

「おれ、もっとおまえに話したいことがあった……もっとおまえの話を聞きたかった」

「……」

「おれがしたこと……もう取り返しがつかないよな。おれなんて、生まれなければよかった」

寒さは鋭《するど》い剣《けん》のようにノニの体を刺《さ》した。だが、ノニはもう痛《いた》みを感じなかった。とにかく体が重くて、眠《ねむ》くてたまらなかった。

「イアン……おれも寝《ね》るよ……おまえといっしょに……そうしたら……きっとまた……いっしょに飛べる……」

意識《いしき》が遠のいていく。黒い幕《まく》が目の前に降りてくる気がする。

（これで終わりだ）

ノニがそう思ったときだった。

羽ばたく音が聞えた。だれかの声がして、体がふわっと浮《う》いた気がした。だが、それを確《たし》かめることもできず、ノニは深い闇《やみ》の中へと吸《す》いこまれていった。

パチパチと音がする。

とても温かくて心地《ここち》いい。

(天国か?)

ノニは目を開いた。

そこにいたのは、見知らぬ女の人だった。なにか言ったが、ノニにはその言葉は分からなかった。だが、その女の人の背《せ》に翼《つばさ》があるのを見て、ノニは驚《おどろ》いた。

女の人はノニを助け起こした。そこはどこかの洞窟《どうくつ》のような場所だったが、暖炉《だんろ》に火が燃《も》え、居心《いごこ》地《ち》よい居室《きよしつ》になっていた。女の人はノニを助けて、温かいお茶を飲ませてくれた。それはなにか薬でも入っているのか、ハッカのような匂《にお》いがした。飲むと体がぽかぽかになって眠《ねむ》くなった。

すっかり飲んでしまうと、女の人はノニをふとんに寝《ね》かせた。ノニはまた、意識《いしき》を失うように眠《ねむ》ってしまった。

次に目を覚ましたときには、女の人はいなかった。かわって、そこに男がいた。白くなりかけた髭《ひげ》をたくわえた初老の男で、穏《おだ》やかな顔つきの、農夫のような雰囲気《ふんいき》をもっていた。その男の背にも、翼があった。

「気分はどうだね?」

男は、オルテシア語で言った。

ノニは辺りを見回した。

「ここは……どこ？　天国ですか？」

男は笑った。

「残念ながら、天国ではないな」

「では、カザール自治連邦《れんぽう》？」

「いや、カザールでもオルテシアでもない。翼人《よくじん》の村だ」

「えっ。じゃあ、旧時代《きゅうじだい》にあったという翼人の村？」

「そうだ。そのころから、われわれの村はここにあった」

ノニは起き上がった。とたんに頭がくらくらした。

「まだ、無理をしてはいけない。危《あや》うく命を落とすところだったのだから」

「おれは、どうしてここに？」

「ピウラ山で倒《たお》れているところを発見して、ここに連れてきた」

「イアンは？」

「いっしょにいた少年かね？　彼《かれ》は残念だが、すでに亡《な》くなっていた。この村の墓地《ぼち》に埋葬《まいそう》したよ」

ノニは、はっきりと思い出した。ノニの腕《うで》の中で微笑《ほほえ》みながら死んでいったイアン。

うなだれたノニの肩《かた》を、翼人の男は優《やさ》しくなでた。

「体が良くなるまで、ゆっくり休むといい」

ノニは、なかなか良くならなかった。少し良くなったと思うと、またすぐに発熱した。だが、翼人《よくじん》の男——名前はカパックといった——と、妻《つま》のアリラは、辛抱強《しんぼうづよ》く看病《かんびょう》しつづけた。

「きみは、体よりもむしろ、心が弱ってしまっているんだ。あせらず、ゆっくり治していこう」

そう言ってくれたが、ノニにはその優《やさ》しさも辛《つら》かった。

ようやくノニが寝台《しんだい》から起き上がれるようになったのは、もう冬も終わって春が訪《おとず》れるころだった。

ノニは杖《つえ》をついて、洞窟《どうくつ》の入り口まで行ってみた。

「これは……」

ノニは目を見張《みは》った。

そこはきりたつ崖《がけ》だった。断崖《だんがい》にぽこぽこと穴《あな》があき、足場が組まれている。ノニのいるところも、そうした足場のひとつだった。どうやら、その穴のひとつひとつが、翼人たちの住居《じゅうきょ》らしかった。

足場からは、翼人たちが思い思いに翼《つばさ》を広げて飛行していた。彼《かれ》らの翼は、様々な色をしていた。あの〈図書館〉の壁画《へきが》の翼人たちのようだった。

絶壁《ぜっぺき》の向こう側には、そびえたつ神々《こうごう》しいピウラ山が見えた。ここは、ピウラ山やトンパニ山脈の裏側《うらがわ》だったのだ。

「我《われ》らはここで、自給自足の生活をしているんだ。ここは地熱が高くてね、地熱発電を利用して、洞窟の中で野菜や麦や芋《いも》を栽培《さいばい》している」

「ほんとうに、この村は旧時代《きゅうじだい》からあったんですか？　大戦争のときも？」

「もちろん、大戦争のときは、我々《われわれ》も地下に潜《もぐ》らざるを得なかった。だが幸い、洞窟《どうくつ》の入り口を閉《と》じれば、シェルターと同じようになるんだ。それに、ピウラ山やトンパニ山脈のおかげで、ここは汚染《おせん》度《ど》が低かった。だから、どこよりも早くシェルターを開放することができたんだ」

「ここの人は、オルテシアやカザールの戦争には関《かか》わってないんですか？」

「ああ。完全中立を保《たも》っている。そもそも、戦争は、我らの飛翔《ひしょう》には合わない」

「……」

黙《だま》りこくったノニの鉛色《なまりいろ》の翼《つばさ》を、カパックは見やった。

「きみは……飛べるか？」

ノニの表情《ひょうじょう》が固くなった。

「おれは……翼人《よくじん》部隊だったんです」

「……」

「おれは爆弾《ばくだん》を落とした。それは民家に当たった。たぶん、中にいた家族は死んだ。おれには、飛ぶ資格《しかく》がないんです」

「ノニ。ここには、きみのようにオルテシアから来た者も、カザールから来た者もいる。だが、だれも、きみを責《せ》めないよ」

「……」

「きみの背《せ》には翼がある。きみはきっと飛べる。わたしは、そう思うよ」

ノニはそれから何日も、その足場でぼんやりと座《すわ》って、翼人《よくじん》の村の様子をながめながら過《す》ごした。

村では、夕方になるとたくさんの翼人たちが空を飛んだ。山へ食糧《しょくりょう》を調達に行く者もいるし、遊びで飛んでいる者もいた。楽しそうに飛ぶ姿《すがた》を、ノニは不思議な思いで見つめた。

（飛ぶのが楽しいのか？）

楽しむなんて、考えたこともなかった。ノニにとって、飛ぶのは移動《いどう》の手段《しゅだん》でしかなかったし、翼人部隊では命令通りに迅速《じんそく》に飛ぶことだけが求められた。ノニは命令を遂行《すいこう》することだけを考え、楽しんで飛ぶなんてことは一度もなかった。

「ねえ。飛ばないの？」

とつぜん、幼《おさな》い声が聞こえた。

隣《となり》の穴住居《あなじゅうきょ》からだった。そこの足場に小さな男の子が立って、こちらを見ている。男の子の背《せ》には、まだ翼《つばさ》はない。

「ずっとそこにいるね。どうして飛ばないの？」

男の子は不思議そうにノニを見ていた。

ノニは、ひきつった作り笑いを向けた。

「飛び方を、忘れちゃったんだ」

「飛び方なんて、体が覚えているって父さんは言ってたよ。飛んでみればいいのに」

「……」

「ぼくね、大きくなったら、父さんみたいな大きな翼をはやすんだ。それで、ピウラ山より高く飛ぶの。ねえ、高く飛んだことある？」

「ああ。あるよ」

「ねえ、上も下も真っ青になるって父さんは言ってたけれど、ほんとう？」

ノニは首をふった。

「わからないな。よく覚えてないよ」

「ぼくだったら、絶対《ぜったい》覚えてるよ！　きっとね、全部が青の世界だと思う」

（全部が青、か……）

ノニは空を見上げた。

今まで何度も雲域《くもいき》まで飛んだが、空の色なんて覚えていなかった。ただ考えていたのは、敏速《びんそく》に正確《せいかく》に飛ぶこと、任務《にんむ》をこなすこと、それだけだ。

「……見る眼《め》のない者は、飛翔《ひしょう》していないのも同じ」

『飛翔学』に書いてあった一節を思い出して、ノニはつぶやいた。今にして、イアンが訳《やく》してくれたあの言葉の意味が分かる気がした。

「どこで、その言葉を？」

後ろから声をかけられて、ノニはふりむいた。そこには、カパックがいた。

「……ぼくの亡《な》くなった友人が、旧時代《きゅうじだい》の書物を訳してくれたんです。その中に書いてありました」

「その友人というのは、ピウラ山で亡《な》くなっていたあの少年かね？」

ノニはうなずいた。カパックは、じっとノニを見つめた。

「彼《かれ》のところに行ってみるかい？」

ノニの目が大きくなった。だが、背中《せなか》の鉛色《なまりいろ》の翼《つばさ》を見やって、首をふった。

「おれは……飛べない」

「じゃあ、連れていってやろう」

「え？」

「手を握《にぎ》りたまえ」

カパックに言われて、ノニはカパックのごつごつとした手を握った。カパックが翼を広げた。カパックの翼は、青白く光る銀色だった。

「行くぞ」

カパックが翼を動かした。ノニの体が浮《う》き上がった。一瞬《いっしゅん》目をつぶった瞬間《しゅんかん》に、すうっと風が体の中を吹《ふ》き抜《ぬ》けたような気がした。次に目を開けたノニは、驚《おどろ》いた。

ノニとカパックは、大きなカシの木の下に立っていた。

「ここは……」

「崖《がけ》の上さ」

「どうやって！　さっきまで洞窟《どうくつ》にいたのに」

「飛んだんだ」

「でも、一瞬《いっしゅん》でここまで飛ぶなんて……」

カパックは微笑《ほほえ》んだ。

「無限《むげん》速度で飛んだからな」

ノニは思い出した。イアンの訳《やく》した『飛翔学《ひしょうがく》』に書いてあった言葉だ。

『常《つね》に己《おのれ》にとっての飛翔の意味を問うべし。さすれば、無限速度を会得《えとく》せん』

「無限速度……今の飛翔が……」

ノニは、なんとかさっきの飛翔を思い出そうとした。だが、体が浮《う》いたような感覚しか分からなかった。

「それより、あそこにきみの友人がいるよ」

カパックが指さした。

ノニは気がついた。カシの木に抱《いだ》かれるように、墓地《ぼち》が広がっていた。たくさんの石塔《せきとう》が並《なら》ぶ中で、カパックが指さしたのは一番小さな石塔だった。石塔には名前はなく、目印のようにイアンの喉《のど》に巻《ま》かれていた機械がかけてあった。

ノニは、石塔の前に行き、ひざまずいて、そっとなでた。カパックは気づかうようにノニの横に立った。

「……イアンとおれは、いっしょに飛ぶ約束をしていたんです」

「……」

「イアンは、おれといっしょに、飛び方を見つけようって言ってくれた。でも、もうイアンはいない。おれはこれからどうすればいいのか……おれにはもう、飛び方が分からない」

うめくように言ったノニの肩《かた》を、カパックはそっと叩《たた》いた。

「ノニくん。イアンくんは、きっと今もきみの側にいるよ。きみが飛ぶとき、いっしょに飛んでいるはずだ」

「……」

「……わたしは先に帰るよ。後で迎《むか》えに来る」

カパックはそう言うと、ふわりと浮《う》き上がった。次の瞬間《しゅんかん》、その姿《すがた》は消えていた。

ノニは長い間、イアンの石塔《せきとう》の前にたたずんでいた。

空は青かった。学舎《がくしゃ》で、イアンと初めて話したときと同じ空の色だった。

「イアン……おれはどうすればいいんだ？　翼《つばさ》がはえたのが、おれじゃなくておまえだったらよかったんだ」

この青い空を飛ぶ夢《ゆめ》を二人で見た。あのときのイアンの笑顔《えがお》。

さやさやと風が吹《ふ》いた。ピウラ山から吹き降《お》りてくる冷たい風だ。

――きみは、国のためでも……なんでもなく……きみ自身のために……飛ぶんだ。

あのとき言った、イアンの言葉。ノニは、苦しげに石塔に言った。

「おれは、もう自分の飛び方がわからないんだ。どう飛べばいいのか、わからない。イアン、おれはどうすればいい？　お前なら、どうするんだろう」

――ぼくは命を守りたいんだ。

ふいに、ロハで会ったときのイアンの声が蘇《よみがえ》ってきた。

「そうだ。命を守る……それがおまえの飛び方だったんだな。翼《つばさ》がなくても、おまえは飛んでいたんだ。だけどおまえは倒《たお》れてしまった」

ノニは、石塔《せきとう》にかかっているイアンの機械を見つめた。

「イアン……おまえのかわりに、おれが飛ぶか？　命を守るために……そうしたら、おまえもいっしょに飛んでくれるか？」

風の中に、イアンの声が聞こえた気がした。

ノニは立ち上がった。そして石塔にかけてあった機械をとり、自分の喉《のど》に巻《ま》いた。

おそるおそる翼を広げる。長い間たたまれていた鉛色《なまりいろ》の羽が、ぎしぎしいいながら広がった。

ノニは空を見上げた。

青い空。それは、イアンが憧《あこが》れた空だった。

ドクン、と心臓《しんぞう》が再《ふたた》び動き出した気がした。熱いものが血流に乗って、体の隅々《すみずみ》に伝わっていく。

ノニは翼を動かした。

ノニの体は、一直線に空の高みへと登っていった。他《ほか》の翼人《よくじん》たちは、ノニの飛翔《ひしょう》を見て目を丸くした。

ピウラ山の高さを越え、はるかな高みで、ノニは止まった。

上下左右を見回す。

青かった。吸《す》いこまれそうな青だ。手を見ると、指先まで青く染《そ》まっているような気がする。

「無茶《むちゃ》な飛び方をするんだな」

声をかけられて、ノニはぎょっとした。すぐ横に浮《う》かんでいたのは、カパックだった。

「ここは標高が高いんだ。そんな風に急上昇《きゅうじょうしょう》したら、酸素《さんそ》不足になって意識《いしき》を失うぞ」

「あなたは……また、無限《むげん》速度で飛んだんですか？」

「そうだ。きみが飛ぶのが見えてね。ついてきた」

「無限速度というのは、何なんですか？」

「無限速度とは……つまり、意識すなわち飛翔《ひしょう》ということだ。風に同化しようと思うだけで、風になれるのさ」

「おれに、その飛び方を教えてください！」

「悪いが、これは教えられることじゃない。自分で見つけるしかない。それぞれ飛び方が違うからな」

ノニは、思い出した。イアンの『飛翔学』に書いてあった言葉。

「……飛翔に答えはなく、またひとりとして同じ飛翔はなし。己《おのれ》の飛び方は、己で探《さぐ》るのみ」

カパックは、しげしげとノニを見た。

「『飛翔学《ひしょうがく》』の言葉だな」

「はい」

「きみは、飛び方を見つけたのかね?」

「……イアンが、教えてくれました」

「そうか」

カパックは深くうなずいた。

「ではいずれ、きみも無限《むげん》速度で飛ぶようになる。飛翔の意味を問いつづけ、そこから目をそらさなければ」

「……」

「では、わたしは先にもどっているよ。きみは、ゆっくり降《お》りてきなさい。急降下《きゅうこうか》は、急上昇《きゅうじょうしょう》より危《あぶ》ない」

「はい」

カパックが翼《つばさ》の先を少し動かした。次の瞬間《しゅんかん》、その姿《すがた》は消えていた。見下ろすと、崖《がけ》の穴住居《あなじゅうきょ》のところにカパックが浮《う》かんでいた。

(風に同化しようとするだけで、風になれる、か……)

ノニは目をつぶり、風になろうと念じた。だが、目を開けても同じところに浮かんでいるだけだった。

あきらめて、ノニはゆっくりと下降《かこう》しはじめた。穴住居《あなじゅうきょ》のところに行き、カパックの穴に降《お》り立ったときだった。

「お兄ちゃん、飛んだの？」

となりから声がした。あの男の子だ。男の子は、足場の柵《さく》につかまってノニを見ていた。

「ああ、飛んだよ」

「高いところまで飛んだ？」

「ピウラ山より高く飛んだ」

「どうだった？　青かった？」

ノニはうなずいた。

「きみのお父さんの言う通りだった。どこまでも青かった。おれの指も青くなったぐらいだ」

男の子はほおっと息をついて、憧《あこが》れの目をノニに向けた。

「お兄ちゃんが飛ぶところ、見たよ。すごくかっこよかった。ねえ、おにいちゃん、お願いがあるんだけど」

「なんだ？」

「羽を一枚《いちまい》、くれないかな。お兄ちゃんの翼《つばさ》、かっこいいから」

ノニは、自分の鉛色《なまりいろ》の翼を見た。以前は誇《ほこ》らしかったこの翼の色が、今は見るのも嫌になっていた。少しためらったが、男の子のいる足場に舞《ま》い下りると、翼の羽を一枚とった。

「どうぞ」

「ありがとう！　お母さん！　お兄ちゃんから、羽、もらった！」

男の子は大声で言いながら、穴《あな》の中に駆《か》けこんでいった。ノニは笑って、カパックの穴にもどった。

穴の中では、カパックと妻《つま》のアリラが、夕飯の準備《じゅんび》をしていた。ノニはその二人の前に立ち、深く頭を下げた。

「今まで、ありがとうございました、カパックさん、アリラさん」

「出て行くのかい、ノニ？」

ノニはうなずいた。アリラが心配そうな顔をした。カパックも言った。

「ずっとここにいてもいいんだぞ。ここにいれば、戦いに巻《ま》きこまれることなく、きみは平和に暮《く》らせるんだ」

ノニは首をふった。

「おれは、翼人《よくじん》部隊でした。おれの飛翔《ひしょう》で、たくさんの人を傷《きず》つけた。そのおれが、ここで黙《だま》って戦争を見ていることはできないんです」

「……」

ノニの覚悟《かくご》を見たカパックは、もう止めなかった。

「分かった。きみは、思いっきり飛んでこい。そしてすべてが終わったら、いつでももどってくるがいい。きみの穴住居《あなじゅうきょ》は用意しておくから」

「ありがとう、カパックさん」

「ただし、ここで夕飯は食べていくこと。しっかり体力をつけて出て行くんだ」

「はい」

その夜、ノニはカパックといっしょに、アリラのおいしい料理をおなかいっぱい食べた。それから、黒豆珈琲《コーヒー》を飲みながら、カパックの奏《かな》でる三弦楽器《さんげんがっき》の音色を聞いた。それはとても静かな夜だった。

やがて、東の空が曙光《しょこう》に染《そ》まるころ、ノニは翼《つばさ》を広げた。鉛色《なまりいろ》の翼は、太陽光を浴《あ》びて銀色に輝《かがや》いた。ふと、ノニは気づいた。

翼の先の羽が一枚《いちまい》だけ、透明《とうめい》に輝いている。あの男の子にあげた羽のところから、新しい羽がはえてきたのだ。

めざすは、ピウラ山。あの頂《いただき》を越《こ》えた向こうに、ノニが飛ばねばならない世界があった。

青い空の向こうに遠ざかって行くノニを、カパックとアリラ、そしてあの男の子が、いつまでも見送っていた。

2

飛んでいくノニの足下《あしもと》に、オムイモの畑と小さな村が見える。ノニはそれを見ながら、首につけた機械に手で触《ふ》れた。

「イアン、見えるか。これが空から見たオルテシアだ」

太陽が輝《かがや》いていた。今まで夜間飛行ばかりしていたノニにとって、まぶしすぎる光だった。ノニは喉《のど》の渇《かわ》きを感じた。地上を見ると、村の広場に井戸《いど》があった。

村人は畑仕事に出ているのか、あたりに人はいない。ノニは見つからないように、慎重《しんちょう》に舞《ま》い下りた。

桶《おけ》で水をくみ上げ、ごくごくと飲む。冷たい水が喉を通っていくのを感じる。心ゆくまで飲んで顔を上げたノニは、驚《おどろ》いて動きを止めた。

いつの間にか、村人たちに取り囲まれていたのだ。みな、手に鍬《くわ》や鋤《すき》などの農具を構《かま》え、目をギラギラと光らせている。そのうちの、顔に大きな傷《きず》のある男が、ノニを睨《にら》みつけて言った。

「翼人部隊《よくじんぶたい》か！　この村に何の用だ！」

「あ、あの……おれは翼人部隊ではありません。喉が渇いて……」

「うそをつくな！　翼人部隊の軍服を着ているじゃないか！　この村を偵察《ていさつ》に来たのか？」

「違《ちが》います！　それに、ここはオルテシアでしょう？　味方なのに、なんで偵察なんて……」

「おまえらが、おれらを調べているのは分かってるんだ！　おい、こいつを捕《つか》まえろ！」

男の声に、村人たちがわっと飛びかかってきた。ノニの飛行術《ひこうじゅつ》ならば、こんな攻撃《こうげき》などかわして舞《ま》い上がることなど簡単《かんたん》だった。だが、ノニはもうだれも傷《きず》つけたくなかった。

おとなしく捕まったノニを、村人たちは村で一番大きな建物に連れていった。そこの柱に縛《しば》りつけられ、ノニは厳《きび》しく尋問《じんもん》された。

「おまえは、何を偵察《ていさつ》するように言われてきたんだ？」

「だから、違《ちが》うんだ。おれは翼人部隊《よくじんぶたい》じゃない」

「じゃあ、その軍服はなんだ」

「……確《たし》かに前は翼人部隊にいた。でも、逃《に》げ出したんだ」

「下手なうそをつくな！　そんな話を信じられるわけないだろう！」

「どうしたのだ？」

村人たちの後ろで、声がした。足を引きずりながら現《あらわ》れたのは、一人の老人だった。顔に傷《きず》のある男が憎々《にくにく》しげに言った。

「村を嗅《か》ぎ回っている翼人を見つけたんです。きっと、おれらのことを密告《みっこく》するつもりです」

「ほお……翼人か」

そう言いながら老人は、じっとノニを凝視《ぎょうし》した。ノニも老人を見つめた。老人の顔は白い髭《ひげ》で埋《う》もれていた。だがこの顔は……。

ノニはさけんだ。

「ユパンキ博士！」

「きみは……ノニくんか！」

博士は、驚《おどろ》きを隠《かく》さず、ノニの背中を見つめた。

「きみ、翼《つばさ》がはえたのか！」

「ユパンキ博士！　生きてたんですね」

「ああ。あれから捕《つか》まって、思想矯正収容所《きょうせいしゅうようじょ》に送られたがね。懲《こ》りずにまた脱走《だっそう》した。まあ、そのときに足をやられたがね」

「博士はここで何を？　旧時代《きゅうじだい》の研究は？」

「もちろん、続けておる。同時に、ここで旧時代の講義《こうぎ》をしているのだ」

「講義？」

「そうとも。旧時代の考え方をな、村人たちに教えている」

「旧時代の考え方……」

ノニは思い出した。〈図書館〉で初めて旧時代の人々の自由な社会を知ったときのことを。あの血の踊《おど》るような思い。

「じゃあ、ここにいる人たちはみんな、旧時代の考え方を知ってるんですね」

「そうだ。こんな熱心な生徒はいないよ」

「あのう……すみません、先生。この翼人《よくじん》と知り合いなんですか？」

顔に傷《きず》のある男が、おそるおそる聞いた。ユパンキ博士はうなずいた。

「彼《かれ》は、わしの最初の生徒じゃよ」

「そうだったんですか！　すみません！　おい、急いで縄《なわ》をほどけ！　そしてすぐに暖《あたた》かい部屋にお連れしろ！」

ノニは縄《なわ》をほどかれた。それからユパンキ博士といっしょに、暖炉《だんろ》の火が燃《も》える部屋に連れて行かれ、そこで温かいスープを出された。顔に傷《きず》のある男――村長だったが――は、ノニの前で深く頭を下げた。

「どうか、許《ゆる》してくだせえ。おれら、生存保安部《せいぞんほあんぶ》の連中に目をつけられていて、この前も村の若《わか》いもんが引《ひ》っ張《ぱ》られて行ったばかりだったんです。それでてっきり、あんたのことを生存保安部の回し者と思って……」

「生存保安部に目をつけられるなんて、どうして……」

「それは、彼《かれ》らが目覚めたからだよ」

村長に代わって、ユパンキ博士が答えた。

「ノニ、わしがあの〈図書館〉で探《さが》し求めていたものを覚えているか?」

「それは……自由な旧時代《きゅうじだい》に、なぜ戦争が起きたかを知りたいと……」

「そうだ。旧時代、人々は自由の責任《せきにん》に耐《た》えかねて、翼《つばさ》を捨《す》ててしまった。それが戦争を呼《よ》びこむきっかけとなってしまった。そして今もまた、ここオルテシアで、人々は知らぬ間に翼を奪《うば》い取られ、戦争の道具にされようとしている。だがな、ノニくん。わしは、信じたいのだ。人は翼を取りもどすことができると。そして、この戦争をやめさせることができると」

「そんな……どうやってそんなことを……」

ユパンキ博士は大声で笑い、ノニの肩《かた》を叩《たた》いた。

「きみが、生きた証明《しょうめい》ではないか、ノニくん！　きみは予防接種《よぼうせっしゅ》を受けたにも関《かか》わらず、翼《つばさ》を得た」

「でも、おれは道を誤《あやま》りました。翼人部隊《よくじん》に入って、爆弾《ばくだん》を落とし、人を死なせたんです」

「だが、きみは逃《に》げ出した。なぜだね？」

「イアンが……気づかせてくれたんです。おれの飛び方の過《あやま》ちを。でも、イアンは死にました。おれは、イアンに代わって飛ぶことにしたんです」

　それを聞いて、ユパンキ博士は暗い顔になった。

「イアンくんは亡《な》くなったのか……。残念だ。本当に残念だ」

「……イアンは、敵味方《てき》なく、命を守ろうとしていました。おれは、あいつのやろうとしていたことを、やることにしたんです」

「ノニくん、きみは、イアンくんの思いを受《う》け継《つ》ぐことにしたのだな」

　ユパンキ博士は、真剣な顔でノニを見つめた。

「ノニくん。きみに頼《たの》みがある」

「なんですか？」

「飛んでほしいのだ。この紙を、上空からばらまいてほしい」

　ユパンキ博士が持ってきたのは、細かい字が書かれた紙だった。そこには、この国で起きている事実が書かれてあった。

「わたしは、人間を信じたいのだ。人はあらゆる利害を超《こ》えて、命を守るために手をつなぎあうことができると。旧時代《きゅうじだい》とは違《ちが》う結果を導《みちび》き出すことができると。人々に自分の翼《つばさ》があることを知らせるために、きみは伝える役をやってほしい。そして目覚めた人々をつないでほしいのだ」

「……」

「カザール自治連邦《れんぽう》が、厳《きび》しいシェルター時代を生きのびることができたのは、翼人《よくじん》たちが自らの危《き》険《けん》を顧《かえり》みず、小さなシェルターをつなぎ合い、力をあわせることができたからだそうだ。きみは、その翼で新しいオルテシアをつないでほしい。やってくれないか、ノニくん。きみにしかできないことだ」

ノニは震《ふる》える思いで、紙に書かれたことを読んだ。そして思い出した。あの〈図書館〉での日々。旧時代の自由な生き方を知り、自分も一人の自由な人間なのだと思ったときに感じた、あの感動。

「やります、博士。おれにやらせてください」

「ありがとう、ノニくん！」

ノニは博士の皺《しわ》だらけの手をがっちりと握《にぎ》りしめた。

次の日から、ノニは飛びたった。そして地上に人を見かけると、紙をまいた。ときには自ら地上に降《お》り、自分の言葉で紙に書かれていることを伝えた。翼の力の続く限《かぎ》り、ノニはどこまでも飛んだ。

最初は、翼人を怖《こわ》がる人ばかりだった。だが、ひと月、ふた月と過《す》ぎていくうちに、なにかが少しずつ変わってきたのを、ノニは感じた。飛んでいるノニを見て、わざわざ呼《よ》び止める者も出てきた。

「この紙に書いていあることは何だ？　おれたちと特別市民が同じだなんて、そんなこと、あるわけねえだろ」

そういう農民の男に、ノニは自分が知っている限りのことを話した。空から見たオルテシア共和国のほんとうの姿《すがた》。うそで塗《ぬ》り固められた正義。奪《うば》われた翼《つばさ》。

人々の反応はさまざまだった。食いつくように聞く人もいれば、怒《おこ》りだす人もいた。

「うそ言うな！　オルテシアがソリド・マグマを見つけたんだ！　カザールなんて低級な国に、そんなことができるわけないだろう！」

「おまえ、さてはカザールの犬だな！　きたない翼人《よくじん》め！」

ノニは何度も危《あぶ》ない目にあった。一度などは、いかにも話を聞きたいふりをして呼《よ》び止められ、舞《ま》い下りたとたん、網《あみ》をかけられて捕《と》らえられた。しかし、生存保安部《せいぞんほあんぶ》に連れていかれそうになったのを、一人の若者がこっそり逃《に》がしてくれて、なんとか助かることができた。

傷だらけで帰ってきたノニに、村人たちは驚《おどろ》き、介抱《かいほう》してくれた。だが、ノニは体の痛みよりも、裏切《うらぎ》られたことの方がつらかった。どんなに真実を語ったとしても、聞こうともしない人のなんと多いことか。しかし、ユパンキ博士は言った。

「当たり前のことだよ、ノニ。これまでずっとそういう教育を受けてきたのだ。どんな歪《ゆが》んだ考えでも、それはもう、彼らの一部になっている。いくら真実を語られても、受け入れることはむずかしい」

「それなら、おれたちのやっていることは無駄《むだ》じゃないですか！」

「いや、ノニ。必ず、我《われ》らの話を聞いてくれる人はいる。どんなところで生きていても、どんな予防《よぼう》接種《せっしゅ》を受けようと、人は自分の翼《つばさ》を失うことはないんだ。そのことにいつか気づくはずだ。信じよう、ノニ。人々の翼を」

ノニは、自分の翼を見た。鉛色《なまりいろ》の翼の先に、一枚だけある透明《とうめい》な羽。ノニは急に恥《は》ずかしくなった。

（おれはなにを弱気になってるんだろう。話をちょっと聞いてもらえないだけで……こんなこと、大したことじゃない。人々の家に爆弾《ばくだん》を落とすことに比べたら、こんなの苦しみでもなんでもないんだ。あんなことを、もうだれにもさせないためなら、おれはどんな目にあってもいい）

ノニは飛んだ。どんなに罵声《ばせい》を浴《あ》びせられても、辛抱《しんぼう》づよく紙を配りつづけ、人々に話しつづけた。やがて、ノニの言葉に耳を傾《かたむ》ける人が出てきた。そして、ユパンキ博士の話を聞きたいという人も。

ノニは博士を抱《かか》えて、どこにでも飛んでいった。人々が博士の話を食いつくように聞き、その目がみるみる輝《かがや》きだすのを、ノニは何度も見た。それは、自分の翼に気づいた人々の目だった。

ノニは、そうした人々を、村々をつないだ。自分が孤立《こりつ》していないことを知った人々は、情報《じょうほう》を共有して助け合うようになった。あちこちで勉強会が開かれ、人々は真剣に、自分たちの自由を取りもどすためにどうすればいいかを考えはじめた。

小さなさざ波が起こっていた。それはひたひたと大きな波へと変化していこうとしていた。あの村、この村で抵抗《ていこう》運動が起こりはじめた。ノニは、寝《ね》る間も惜《お》しんで飛んだ。そんなノニを、村人たちは心配した。

「ちっとは休んでくだせえ。このままじゃ、あんたの方が倒《たお》れちまう」

「いや、おれはだいじょうぶです」

「でも、生存保安部《せいぞんほあんぶ》の連中が、あんたのことを探《さが》してるって話だ。無茶に飛んで捕《つか》まっちまったら大変だよ」

村人たちの言う通りだった。こうした動きを生存保安部が察知しないわけはなかった。彼らは監視《かんし》を強め、締《し》めつけを強くした。中には村ごと捕まって、思想矯正収容所《きょうせいしゅうようじょ》に送られたところも出てきた。ノニはますます忙《いそが》しく飛び回り、生存保安部の武装車《ぶそうしゃ》をみると、すぐに近くの村に警告《けいこく》し、保安部の裏《うら》をかいた。おかげで、いくつもの村が助かった。

だが、間に合わないこともあった。

あるとき、ノニは小さな村から黒煙《こくえん》が上がっているのを見た。行ってみると、村はまるで爆弾《ばくだん》が落とされたかのように焼かれ、人の姿《すがた》はなかった。舞《ま》い下りたノニは、残された車のあとを見て唇《くちびる》を噛《か》んだ。

（生存保安部だ。こんなことまでするなんて！）

そのとき、ノニの耳に小さな悲鳴が聞こえた。ノニは空に舞い上がり、地上を探した。

「あっ」

十歳《さい》くらいの少年が、生存保安部の武装車に追い回されていたのだ。彼《かれ》らは笑いながら、ウサギでも追うように少年を追っている。少年が転んだ。すると武装車《ぶそうしゃ》はその前に止まり、中の一人が少年に銃《じゅう》を向けた。

それを見た瞬間《しゅんかん》、ノニの胸《むね》に激《はげ》しい怒《いか》りが突《つ》き上げてきた。背中《せなか》を血で染《そ》めたイアンの姿《すがた》が、頭に浮《う》かんだ。

その瞬間、なにかが起きた。

気がついたら、ノニは少年を救い出し、上空に浮かんでいた。生存保安部《せいぞんほあんぶ》は突然《とつぜん》少年を見失い、なにが起きたかわからず呆然《ぼうぜん》としていた。ようやく上空彼方《かなた》に浮かぶノニに気づいたときには、ノニは彼《かれ》らが手出しできないところを飛んでいた。

ノニも、何が起きたのか分からなかった。でも、あの体の中を風が吹《ふ》き抜《ぬ》けるような感覚……。

(もしかしたら、おれは飛んだのか？　これが無限《むげん》速度なのか)

「あ、ありがとう」

少年の声に、ノニは我《われ》に返った。少年もまた、自分になにが起きたのか分からず、ぼんやりしているようだった。ノニは微笑《ほほえ》んだ。

「よかった。助けられて。きみの家は……」

そのとたん、少年の目から涙《なみだ》があふれ出した。ノニはあの焼け崩《くず》れた村を思い出した。それ以上聞くことができず、とりあえずユパンキ博士のいる村に連れていった。

後で聞くと、村は生存保安部にいきなり襲《おそ》われ、村人たちのほとんどは連れ去られたという。少年の両親は抵抗《ていこう》して殺され、隠《かく》れていた少年も彼《かれ》らは手にかけようとしていた。

「ひどすぎる！　殺すなんて……それに、こんな子どもまで！」

怒《いか》りに震《ふる》えるノニに、ユパンキ博士は言った。

「この子の口から、自分たちのしたことを証言《しょうげん》されるのを恐《おそ》れたんだろう」

「奴《やつ》らは人間じゃない」

「いや。悲しいことに、彼《かれ》らは平凡《へいぼん》な人間なのだ。それがおそろしいことなのだよ」

ユパンキ博士は、怒りを押《お》し殺すように、低い声で言った。

「自分の周りしか見えなくなっている人間は、状況《じょうきょう》に流されるままに判断力《はんだんりょく》さえ失っていってしまう。彼らは自分たちがどれほどの罪《つみ》を犯《おか》しているかさえ、気づかなくなっている。そうした人間が、戦争を平気で引き起こしていくのだ」

少年は、ユパンキ博士が親代わりに預《あず》かることになった。

この事件《じけん》がきっかけになったのか、生存保安部《せいぞんほあんぶ》はノニを捕《つか》まえることに躍起《やっき》になった。だが、無限《むげん》速度を知ったノニには、彼らの攻撃《こうげき》をかわすことは簡単《かんたん》だった。

ノニは飛びながら、いつも首に巻《ま》いた機械に触《さわ》っていた。

「イアン、見えてるか？　世界が変わろうとしているぞ。人はみな、自分の翼《つばさ》に気づきはじめてる」

地上でノニに向かって手を振《ふ》っている子どもが見えた。ノニも手を振り返し、飛びつづけた。

「イアン。おれはやっと、自分の飛び方が分かったのかもしれない。おれは飛ぶよ。かつて翼人《よくじん》がカザールの人々を救ったように、おれはオルテシアの人々が翼を取りもどすために飛ぶ。そうしたらきっと、この戦争も終わるはずだ」

「止まれ、ノニ・パチャク」

突然《とつぜん》、頭上から声がした。見上げたノニは、驚《おどろ》いた。

「ラングレン中尉《ちゅうい》！」

間違《まちが》いなかった。そこに浮《う》かんでいたのは、ラングレン中尉と、精鋭《せいえい》部隊だった。彼《かれ》らはみな、銃《じゅう》をノニに向けていた。

3

「どこに行ってたんだ、ノニ・パチャク」

ラングレン中尉の声は、意外に優《やさ》しかった。だが、その銃口《じゅうこう》はノニにまっすぐ向けられたままだ。

ノニは穏《おだ》やかな気持ちで中尉を見た。

「中尉。お久《ひさ》しぶりです」

「ノニ。おまえは、今自分がやっていることが分かっているのか？」

「分かっているつもりです」

「おまえは、重要思想犯として手配中だ。生存保安部《せいぞんほあんぶ》の手にも負えず、こちらに回ってきた。おまえを捕《と》らえろ、とね」

「……」

「ノニ。おとなしく投降《とうこう》しろ。わたしたちはおまえを傷《きず》つけたくない。こちらの言うことを聞けば、悪いようにはしない。生存保安部《せいぞんほあんぶ》の連中からも、おまえを守ってやる。もどってこい、ノニ」

「おれは、もうもどりません、中尉《ちゅうい》」

「ノニ！」

「中尉。あなたは、なぜ翼《つばさ》がはえたんですか？」

「……」

「他《ほか》のみんなもそうです。おれたちが翼を得たのは、人を殺すためではなかったはずです」

翼人《よくじん》たちは、お互《たが》い目を見合わせた。ラングレン中尉は、一瞬《いっしゅん》言葉に詰《つ》まったが、すぐに言い返した。

「きれいごとを言うな、ノニ。我々《われわれ》がしていることは、未来の翼人のために……」

「それは違《ちが》います、中尉。おれたちは、もっと考えなくちゃならなかった。自分たちの飛び方を。おれたちは、この翼を戦争なんかに使ってはいけなかった。そんなことをしたくて飛んでたわけじゃない。おれたちが飛びたかったのは、自分らしく生きるためです」

ラングレン中尉は大きく目を見開き、息を吐《は》いた。ノニは中尉の目をまっすぐ見つめた。

「おれはどんな理由があっても、決して人を傷《きず》つける飛び方をしてはいけなかったんです。中尉、あなたも、そしてみんなもそうだ。将軍《しょうぐん》に認《みと》められ、地位や栄誉《えいよ》を得たとしても、おれたちは人を殺すために飛んではいけなかった。おれたちは飛び方を誤《あやま》ったんです」

「……」

精鋭《せいえい》部隊の翼人《よくじん》たちは、食い入るようにノニの言葉を聞いていた。その後ろから、一人の声がした。

「ノニ。おまえの言う通りだよ」

部隊の中から出てきたのは、オルタだった。

「オルタ！」

「久《ひさ》しぶりだな、ノニ」

オルタはすっかり痩《や》せて、どこかやつれた顔をしていた。ノニを見て照れたように笑ったが、すぐに真顔になった。

「おまえの言うことは正しい。でも、もう遅《おそ》いんだ。おれたちは後もどりできない」

「そんなことない。おれだって、やり直した。みんなだってできるはずだ」

しかしオルタは疲《つか》れた表情《ひょうじょう》で首をふった。

「いや。もう遅い。ノニ、この戦争はもうすぐ終わるんだ。おれたちが何をしようと。オルテシアは勝利し、反乱《はんらん》分子はすべて処罰《しょばつ》される。何をやっても、変えることはできないんだ」

「どうしてそんなことを言うんだ、オルタ？　おまえだって、ほんとうはこんな飛び方はしたくなかったはずだろう？」

「でも、ダメなんだよ。もうすぐカザール自治連邦《れんぽう》の首都で、爆弾《ばくだん》が落とされる。ソリド・マグマの力を使ったおそろしい爆弾《ばくだん》さ」

「オルタ！　それは重要機密事項《きみつじこう》だ！」

ラングレン中尉《ちゅうい》の声を無視《むし》して、オルタはつづけた。

「その一発で、すべて終わるんだ。今ごろ、ロブス少佐《しょうさ》が爆弾を運んで飛んでいるはずだ」

ノニは、オルタを凝視《ぎょうし》した。

〈図書館〉で見た、巨大《きょだい》な火の玉に飲みこまれる街《まち》の写真。

――そのうち、またこの爆弾みたいなものが作られるかもしれないな。

あのときのイアンの声を、すぐそばで聞いたような気がした。

オルタは、投げやりな調子で言い放った。

「おまえやおれたちがいくらあがいたって、どうにもならない。オルテシアは勝つ。そして大陸がすべてオルテシアになる。ここでおれたちが飛び方の過《あやま》ちに気づいたとしても、もうどうにもならない。オルテシアは腐《くさ》ったまま、巨大になっていくだけだ」

「おれはあきらめない。何があっても、絶対にそんなことをさせちゃいけないんだ」

ノニがさけんだ。次の瞬間《しゅんかん》、その姿《すがた》が忽然《こつぜん》と消えた。

翼人《よくじん》たちは騒然《そうぜん》となった。

「どこに行った？」

「まさか！　煙《けむり》のように消えたぞ」

「下に落ちたんじゃないか？」

「中尉《ちゅうい》！　地上を探《さが》しましょう。きっと、どこかに隠《かく》れているはずです」

しかし、ラングレン中尉は動かなかった。

「中尉？」

中尉はふうっと息をつき、上を見上げた。

「……青いな」

「え？」

「空の色だ。この青さを、ずいぶん長い間忘《わす》れていた」

「……」

「翼《つばさ》がはえる前、わたしはこの空をどれほど飛びたかったか……。なのに、せっかく翼を得たのに、わたしは何をやっているんだろう」

「……」

「ノニ・パチャクの探索《たんさく》は中止する」

「中尉！」

「ロハ翼人《よくじん》部隊もここで解散《かいさん》だ。おまえたちは、好きなところに飛ぶといい」

「そんな！　中尉、おれたちはどうすればいいんですか？」

「飛ぶんだ。自分の飛び方で」

「しかし、そんなことをしたら捕《つか》まって……」

「今でもわたしたちは、十分捕まっているじゃないか。もうたくさんだ。わたしは、飛びたいんだ。この空を」

「……」

「どうせいつかは死ぬのなら、思いっきり自分の飛び方をしようじゃないか」

隊員たちは、お互《たが》いの顔を見合わせた。

一人が、軍服の徽章《きしょう》を破《やぶ》り捨《す》てた。すると次々にみんなは徽章を捨てた。

ラングレン中尉《ちゅうい》は、空を見た。その顔は見たこともないほど明るく、晴れやかだった。隊員たちは、中尉がこんなにきれいな女性《じょせい》だったことに初めて気づいた。

「さあ、飛ぶぞ」

青い空に、矢のように飛ぶ翼人《よくじん》の姿《すがた》が見えた。彼《かれ》らはしばらく楽しくてたまらない、というように飛び回ると、四方八方に散っていった。最後には、青い空しか残っていなかった。


カザール自治連邦《れんぽう》の首都キトリ。その雲域《くもいき》より遙《はる》かに高い上空に、ロブス少佐《しょうさ》の部隊はいた。翼人の中でも精鋭中《せいえいちゅう》の精鋭十人に守られて、少佐は飛んでいた。その腰《こし》のベルトにくくりつけられているのは、両手に抱《かか》えるほどの大きな鉄の塊《かたまり》だった。この塊の中で、今、ソリド・マグマは眠《ねむ》っていた。信管を引《ひ》き抜《ぬ》いて投下すれば、九十秒後、ちょうど爆弾《ばくだん》が街《まち》の頭上に迫《せま》る頃《ころ》に、ソリド・マグマは目覚めて爆発《ばくはつ》する。それは巨大《きょだい》な火の玉となり、首都キトリを丸ごと壊滅《かいめつ》させるだろう。この一発で、戦争が終わるのだ。

「少佐《しょうさ》。目標地点です」

腕《うで》につけたコンパスを見ていた翼人《よくじん》の声が、無線機から響《ひび》いた。ロブス少佐はベルトから爆弾を取りだし、信管を引《ひ》き抜《ぬ》こうとして、一瞬《いっしゅん》、ためらった。

ゴーグルを通して、地上が見えた。そこに建物が立ち並《なら》び、たくさんの人がいるのが見えた。彼《かれ》らの命が、九十秒後には火に包まれる。

「少佐！　時間です！」

無線から声がした。少佐は息を止め、信管を引き抜いた。それを、地上へと落とした。

「帰投せよ！」

少佐がさけび、翼人たちがひらりと方向転換《てんかん》したときだった。

「あれはなんだ！」

驚《おどろ》く声が無線機から響いた。翼人の一人が下を指さしている。そちらを見た少佐は愕然《がくぜん》とした。

落ちていく爆弾の先に、一人の翼人がいた。その翼人は爆弾の落ちる速度に合わせるように飛び、その手に爆弾を抱《だ》きかかえ、空中で止まった。

「なんだ、あいつは！」

その翼人がこちらを見た。ロブス少佐は、その顔を思い出した。

「ノニ・パチャク！」

ノニはロブス少佐《しょうさ》を悲しげに見つめた。そして次の瞬間《しゅんかん》、かき消すように姿《すがた》を消した。

「ど、どこに行ったんだ、あいつは！」

「探《さが》せ！」

「し、しかし、もうすぐ爆発《ばくはつ》するんだぞ！」

翼人《よくじん》たちはみな、パニックになっていた。ロブス少佐がさけんだ。

「探せ！　あの爆弾《ばくだん》がなければ、オルテシアの勝利はないんだ！」

「で、でも、あと爆発まで十秒です！」

その声を聞いたとたん、翼人たちは悲鳴をあげて全速力で逃《に》げだした。

ロブス少佐はただ一人、空中にとどまり、ゴーグルの感度を上げてあたりを見回した。
十、九、八、七、六、五、四、三、二、一
ゼロ。

ロブス少佐の頭上遥《はる》か遠くで、光が見えた。

無限《むげん》速度で、ノニは遙かな高みを飛んでいた。もう空は青を通《とお》り越《こ》して、濃《こ》い藍色《あいいろ》に変わろうとしている。その向こうで星がきらめくのが見えた。

両手で抱《かか》えた爆弾は、意外に軽かった。この中でゆっくりと化学反応《はんのう》が進み、臨界《りんかい》に達した瞬間《しゅんかん》、火の玉がふくれ上がる。その時が刻々《こっこく》と迫《せま》っていることをノニは知っていた。

「どこまで高く飛べるんだろうな、イアン」

ノニは、イアンに話しかけた。目の前に死が迫っているのに、心は驚《おどろ》くほど静かに凪《な》いでいた。

「イアン。おれは信じるよ。きっと人は翼《つばさ》を得て、真の平和に向かうことができる。なあ、おまえもそう思うだろう？」

ノニは、薄《うす》い空気を精一杯《せいいっぱい》吸《す》いこんだ。

「イアン、おれたち、きっとだれよりも高いところを飛んでるぞ。なあ、おれたちの飛翔《ひしょう》は、見事だよな」

頭上に光るのは〈北の不動星〉。ノニは微笑《ほほえ》んだ。

「イアン。あそこまで飛ぼう、いっしょに」

そのときだった。ノニは突然《とつぜん》自分の体から、もう一人の自分が離《はな》れていくような感覚を覚えた。ノニは息を飲んだ。

「イアン！」

まちがいない。自分の前にいるのは、イアンだった。イアンの背《せ》には翼があった。まぶしいほどに輝《かがや》く翼だった。

イアンはノニの手から、爆弾《ばくだん》をとった。そして微笑《ほほえ》み、軽くノニの肩《かた》を突《つ》いた。その瞬間《しゅんかん》、ノニは撃《う》たれたような衝撃《しょうげき》を受けて跳《は》ね飛《と》ばされ、きりもみするように落ちはじめた。

「イアン！」

――ノニ、きみは自分の飛翔《ひしょう》をするんだ。

イアンの声がした。

次の瞬間、遙《はる》か上で光が走った。たちまち火の玉がわき上がり、迫《せま》ってくる。

ノニは目をつぶった。そして、何もかもわからなくなった。


気がつけば、ノニはどこかの荒《あ》れ地で倒《たお》れていた。遙か遠くの上空で、太陽のような火の玉が現《あらわ》れ、それはギラギラと光り輝《かがや》き、ゆっくりと小さくなって消えていくのが見えた。

(何が起こったんだろう。おれは、死んだんじゃないのか？)

ノニは喉《のど》を触《さわ》った。だが、イアンの機械はなくなっていた。

カサリ、と音がして、ノニはふりむいた。

そこに立っていたのは、貧《まず》しい身なりをした少年だった。少年は野生の獣《けもの》のような目をして、ノニを見つめている。いや、正確《せいかく》には、ノニの背中《せなか》を見つめている。

ノニは、自分の背中を見た。

そこには、青白く光る透明《とうめい》な翼《つばさ》があった。

少年が口を開いた。

「あんた……飛べるのか？」

ノニはうなずいた。少年は咳《せき》こむようにたずねた。

「どうやったら、翼《つばさ》がはえるんだ?」

「飛びたいのか?」

少年はうなずいた。

「それなら……きっと飛べる」

「……」

ノニは立ち上がり、翼を広げた。少年は言った。

「どこに行くんだ?」

ノニは微笑《ほほえ》んだ。

「空だ。おれは飛ぶ。もう一度、自分の飛翔《ひしょう》をするために。もう二度と、愚《おろ》かな爆弾《ばくだん》を作らせないために」

ノニは羽ばたいた。真っ青な空に、ノニの翼は透明《とうめい》に輝《かがや》いた。少年はその飛行の軌跡《きせき》を、いつまでも見つめていた。

空飛ぶ少年の苦難《くなん》と闘《たたか》い

私市保彦《きさいちやすひこ》

この物語のように翼《つばさ》をつけて自由に大空を飛んだり、仮想《かそう》の国々の争いに巻《ま》きこまれていくという筋書《すじがき》からは、「スーパーマン」や「スターウォーズ」といったたぐいのSFファンタジーを思い出す人もいるだろう。しかし、読んで分かるように、ここで描《えが》かれている、戦乱《せんらん》のさなか自由と真実と平和を求めて強大な国を相手に少年ノニが闘う姿《すがた》には、今の世界がかかえる悲劇《ひげき》が映《うつ》し出されている。

ノニは荒《あ》れ地を越《こ》えた旧街区《きゅうがいく》に祖母《そぼ》と暮《く》らし、そのために友だちからはさげすまれ、学舎《がくしゃ》ではなかば強制的《きょうせいてき》に訓示《くんじ》を読まされる毎日を過《す》ごしている。そのノニの願いは、学舎を飛び出して自分の翼で大空を羽ばたきたいということである。

空飛ぶ夢《ゆめ》を多くの人が見るように、空を飛ぶのは人間の根源的《こんげんてき》な夢想《むそう》である。ギリシア神話には、大工のダイダロスとイーカロスの親子が翼を作って迷宮《めいきゅう》から脱出《だっしゅつ》をはかったところ、イーカロスは太陽の近くまで飛んでしまったため、羽をつけた蝋《ろう》が溶《と》けて落ちてしまい、ダイダロスは脱出に成功したという身に過《す》ぎた望みをいましめる物語がある。日本にも、浮田幸吉《うきたこうきち》という江戸《えど》時代の表具師《ひょうぐし》が翼《つばさ》を作って空を飛ぼうとして失敗したという話が伝えられている。しかしこの物語では、翼で大空を羽ばたきたいという願いにとりつかれたノニに翼が自然に生《は》えてくるという、信じがたいことが起こる。

大むかし翼をつけた人々が存在《そんざい》していたことをノニが知るのは、荒《あ》れ地の地下に埋《う》もれた旧時代《きゅうじだい》の遺跡《いせき》からである。でも、なぜ旧時代の翼人《よくじん》は翼を失ったのか、それによってなぜ戦争が起こり、翼人の世界は消滅《しょうめつ》し、遺跡のみが地下に眠《ねむ》ってしまったのか？　その謎《なぞ》が徐々《じょじょ》に明らかにされ、翼が「自由」とかたく結びついている事実が浮《う》かび上がってくる。自由に生きようとしていたからこそ旧時代の人々には翼があったのだ。自由を心から求めたからこそノニの背中《せなか》にも翼が生じたのだ。

一方、翼を切り取って自由を奪《うば》う勢力《せいりょく》もある。それが、人々を束縛《そくばく》し、世界の真実を見る視界《しかい》を奪い取るオルテシア共和国である。共和国にとって、翼人は危険《きけん》人物であり、その翼をむしりとろうとする。このように著者《ちょしゃ》は、「自由」という抽象的《ちゅうしょうてき》なことばを使わずに、いかに自由が大切であって、自由をうしなうと何が起こるかを語ろうとする。そして読者は、それが現《げん》にわたしたちの過去《かこ》に起こった悲劇《ひげき》であり、現に世界で起こっている悲劇であることに気づいてゆく。わたしたちは、自由を奪うのは全体主義《しゅぎ》であり、専制《せんせい》主義であり、ファシズムであることを、過去の歴史からも、現代《げんだい》の世界情勢《じょうせい》からも学んでいる。こうして、自由をめぐって、人類の歴史の大きな悲劇が浮かび上がってくる。この物語は、心躍《こころおど》るSFファンタジーでありながら、人間と国家の悲劇をも解《と》き明かしている。

ノニが、心を許《ゆる》す友のイアンとともに、荒《あ》れ地の地下に埋《う》もれている旧《きゅう》時代《じだい》の廃墟《はいきょ》を発見し、そこに埋もれている図書館で目にした旧時代の写真や書物に驚《おどろ》き、『飛翔学《ひしょうがく》』という本まで発見するくだりは、ふたりが「自由」を発見する過程《かてい》でもあるが、この『飛翔学』はいたるところで引用される。例えば、「飛翔することは、孤独《こどく》との闘いでもある。独《ひと》りで飛ぶ覚悟《かくご》のない者は、飛翔に耐《た》えることができない」とか、「飛翔するのに、羽ばたく以上に大切なのは、見ることである。見る眼《め》のない者は、飛翔していないのも同じ」といった文面である。それを読むと、この書物が飛ぶ方法や技術《ぎじゅつ》を説《と》いているのではなく、精神的《せいしんてき》な教えを語っていることがわかる。その意味では、この書は自由を守って生きようとする人々への教えでもある。

そのため物語は、遺跡《いせき》になってしまった旧時代と、少年ノニたちの現存《げんそん》の時代を重ね合わせ、また、全体主義《しゅぎ》の国が存在《そんざい》している一方、自由に生きている自治連邦《れんぽう》や村もつぎつぎにあらわれてくる。旅に出たノニは、知ることを禁《きん》じられていたそれら未知の世界を発見する。そして、国々の争いのもとに、ソリド・マグマという資源《しげん》があることに気づく。これはかりしれないエネルギーをもたらすが、また強力な爆弾《ばくだん》をも製造《せいぞう》できるという恐《おそ》ろしい資源でもある。どんな読者でも、これが原子力に似《に》たものだと気づくであろう。こんな恐ろしい資源を生み出したのは、今の地球でなくてどこの世界であろうか。

『飛翔学』を訳《やく》して、その内容《ないよう》をノニに読ませるのが、学舎《がくしゃ》の同級生イアンであり、旧時代の知識《ちしき》をふたりに伝えるのが、考古学者ユパンキ博士である。こういう人々をはじめ、祖母《そぼ》の家を飛び出したノニにはさまざまな出会いがあり、そのたびにノニは助けられ、未知の人々の存在《そんざい》を知り、目が開けてくる。共和国がじつは国家元首と特別市民のみがうまい汁《しる》を吸《す》い、一般人《いっぱんじん》はそれに服従《ふくじゅう》しているだけという実情《じつじょう》がノニに分かってくる。このありさまは、かつて存在し、現実《げんじつ》にも存在している独《どく》裁《さい》国家の特徴《とくちょう》でもあることを、読者に突《つ》きつけているのではないだろうか。ファンタスチックな世界でさまざまな場面が目まぐるしく展開《てんかい》されるが、どの場面もどのエピソードも、かつて起こり、また現実に起こっている人類の悲劇《ひげき》を連想させて、戦慄《せんりつ》と反省がわき起こってくる。

やがてノニは、ロブス少佐《しょうさ》ひきいる翼人《よくじん》部隊に見出《みいだ》され、軍隊生活の厳《きび》しさを体験させられる。そして、女性《じょせい》のラングレン中尉《ちゅうい》と組んで、共和国の敵国《てきこく》のカザール自治連邦《れんぽう》との戦争に巻《ま》きこまれる。ところが、新兵器の爆弾《ばくだん》を村人の上に落とすという非人間的《ひにんげんてき》なことがどうしてもできないので、生存保安部《せいぞんほあんぶ》に睨《にら》まれる。

かろうじて保安部から逃《のが》れたノニは、中立を保《たも》っている翼人の村にたどりつく。その後ユパンキ博士と再会《さいかい》する一方、「無限《むげん》速度」の飛翔《ひしょう》を体験するというエピソードがある。クライマックスではそれが駆使《くし》される場面があって、スリリングでもあり感動的でもある。こうして、ノニの飛翔、つまり自由を求める願いは貫徹《かんてつ》の境地《きょうち》に到達《とうたつ》するのだが、そこで、またもラングレン中尉とロブス少佐の翼人部隊にめぐりあう。中尉は共和国に対《たい》して意見ありげだが、少佐は忠誠《ちゅうせい》をつくす姿勢《しせい》をくずさない。こうして著者《ちょしゃ》は、国家に対してさまざまな意見と態度《たいど》がありうることを示《しめ》し、読者の諸君《しょくん》はどうなのだと問いかけているようにも見える。

自由を求めて翼《つばさ》を身につけ、翼が鉛色《なまりいろ》の光沢《こうたく》を帯《お》び、銀色に耀《かがや》くまでに翼を磨《みが》きあげたノニはどう行動するか。その爆弾《ばくだん》で敵国《てきこく》を破壊《はかい》する瀬戸際《せとぎわ》まで危機《きき》は迫《せま》り、ロブス少佐《しょうさ》は自らかかえた爆弾を投下せねばならない。その爆弾を、子どもの救出にも役立てた「無限《むげん》速度」を駆使《くし》して、ノニは奪《うば》いとる。そこに突如現《とつじょあらわ》れたのが再会《さいかい》したのも束《つか》の間《ま》死んでしまった心の友イアンである……そして、地上の崩壊《ほうかい》と大量殺戮《さつりく》は避《さ》けられる。

例えば狼《おおかみ》に育てられたロムルスとレムスの双子《ふたご》兄弟のうちのロムルスが生き残ってローマを建国したというローマ建国神話のように、兄弟として結ばれたふたりの対《つい》のうちのひとりが死んで、残されたひとりが世界を再生《さいせい》させるという伝承《でんしょう》があって、これは都市と文明の建設《けんせつ》のためにいけにえを捧《ささ》げた古代の儀式《ぎしき》のなごりであると説《と》かれている。この物語でも、その元型がじつにダイナミックに変形されて、物語のさいごを締《し》めくくっている。それによって、この物語は普遍的《ふへんてき》な広がりをおびたともいえよう。

こうしてノニは生き残り、未来の希望をつぎの世代に引きついで物語は終わる。だが、利権《りけん》と権力《けんりょく》のために戦乱《せんらん》を拡大《かくだい》しかねない現実《げんじつ》の歴史は終わりを告げていない。

（フランス文学者）

二〇〇三年の秋、日本政府が自衛隊のイラク派遣を決めた直後に、日本児童文学者協会は、「新しい戦争児童文学」委員会を発足させました。委員会では、作品の募集や合評研究会などを重ね、それらは短編アンソロジー〈おはなしのピースウォーク〉全六巻（二〇〇六〜二〇〇八）として結実しました。その後、「新しい〈長編〉戦争児童文学」の募集を開始し、やはり合評を重ねこのたび完成したのが長編作品による〈文学のピースウォーク〉（全六巻）です。

委員会の中心であった古田足日氏（二〇一四年逝去）は〈おはなしのピースウォーク〉所収の「はじめの発言」で次のように書いています。

――この本がきみたちの疑問を引き出し、疑問に答えるきっかけとなり、戦争のことを考える材料となれば、実にうれしい。

再び、この思いをこめて、〈文学のピースウォーク〉を刊行します。

「新しい戦争児童文学委員会」
奥山恵　きどのりこ　木村研
西山利佳　はたちよしこ
濱野京子　みおちづる

みおちづる
埼玉県生まれ。『ナシスの塔の物語』(ポプラ社)で椋鳩十児童文学賞、児童文芸新人賞受賞。作品に『ドラゴニア王国物語』(角川書店)、「ダンゴムシ だんごろう」シリーズ(鈴木出版)、「少女海賊ユーリ」シリーズ(童心社)、絵本に『なみだあめ』(岩崎書店)、『オーパーさんのおいしいりんご』(金の星社)などがある。日本児童文学者協会会員。

川浦良枝（かわうらよしえ）
1963年東京生まれ。武蔵野美術短期大学商業デザイン科卒業。デザイナー、イラストレーターとしてカレンダー、文房具などの制作を手がける。絵本の作品には「しばわんこの和のこころ」シリーズ(白泉社)他がある。

私市保彦（きさいちやすひこ）
1933年東京生まれ。武蔵大学名誉教授。フランス文学研究、幻想文学・児童文学の比較文学的研究を行う。著書に『ネモ船長と青ひげ』（晶文社)、『幻想物語の文法』（晶文社・ちくま学芸文庫)、『名編集者エッツェルと巨匠たち』（新曜社、日本児童文学学会特別賞）他多数。日本児童文学者協会会員。

翼《つばさ》もつ者《もの》——文学《ぶんがく》のピースウォーク

2016年7月25日　初　版

作　者　みおちづる
画　家　川浦良枝
発行者　田所　稔

郵便番号　151-0051　東京都渋谷区千駄ヶ谷4-25-6
発行所　株式会社　新日本出版社
電話　03（3423）8402（営業）
03（3423）9323（編集）
info@shinnihon-net.co.jp
www.shinnihon-net.co.jp
振替番号　00130-0-13681
印刷　光陽メディア　　製本　小高製本

落丁・乱丁がありましたらおとりかえいたします。

ISBN978-4-406-06040-0　C8393　Printed in Japan